나는 제주도로 퇴근한다

나는 제주도로 퇴근한다

초판 1쇄 인쇄 | 2021년 10월 5일
초판 1쇄 발행 | 2021년 10월 9일

지은이 | 신재현
발행인 | 안유석
편집자 | 고병찬
디자이너 | 김민지
펴낸곳 | 처음북스
출판등록 | 2011년 1월 12일 제2011-000009호
주소 | 서울특별시 강남구 테헤란로2길 27 패스트파이브 빌딩 12층
전화 | 070-7018-8812
팩스 | 02-6280-3032
이메일 | cheombooks@cheom.net
홈페이지 | www.cheombooks.net
인스타그램 | @cheombooks
페이스북 | www.facebook.com/cheombooks
ISBN | 979-11-7022-229-3 03810

나는 제주도로 퇴근한다.

신재현 지음

처음북스

PHOTO 02

PHOTO 03

PHOTO 04

PHOTO 05

PHOTO 06

PHOTO 07

나는 제주도로
퇴근한다 。

꿈꾸었던 일이 이루어졌다. 매년 제주도를 여행할 때 이곳에 살며, 아이들을 가르치고 싶었다. 그런데 현실이 되었다. 나는 매일 한라산을 보며 출근하고, 제주도 바다를 옆에 끼고 퇴근한다. 자동차 창문을 열고 상쾌한 제주의 바람을 맞으며 운전한다. 출퇴근길 자동차 안에서 '행복하다, 행복하다.'라고 노래하며 직장을 다닌다. 이 모든 것이 서울에서 꿈꾸었던 일이다.

제주도는 도시에서 얻은 마음의 상처를 치료해 주었다. 이제는 누구를 원망하지도, 미워하지도 않는다. 제주도에서 얻은 새로운 인연과 마음을 나누며 우리 가족은 행복하게 지내고 있다. 내려놓고 산다는 것, 그것은 버리는 것이 아니라 채우는 것이다. 무의미한 욕심을 버릴수록 마음은 행복으로 차오른다. 제주도는 내게 내려놓고 사는 방법을 지금도 가르쳐 주고 있다.

언제까지 제주도에 살지 잘 모르겠다. 평생 제주도에

있을 수도, 다시 육지로 올라올 수도 있다. 어차피 계획을 세워도 계획대로 되지 않는 것이 인생이다. 얼마나 이곳에 있을지 아무도 장담할 수 없지만, 분명한 것은 지금의 시간이 내 인생에 가장 빛나는 시간이라는 점이다. 제주도에 있는 시간 동안 이곳을 더 많이 느끼고 즐기고 사랑하고 싶다.

제주도에 사는 것은 육지와 도시의 편리함을 포기하는 것을 의미한다. 도시의 쾌적함과 편리함을 제주의 아름다운 풍경과 여유로운 삶으로 바꾸는 것이다. 제주도에 살며 물질적인 것에 대한 욕심이 많이 사라졌다. 서울에서 백화점 브랜드만 찾던 내가 여기에서는 이마트 옷이 예뻐 보인다. 다이소만 가도 만족스럽다. 다른 사람들이 어떤 차를 타는지 신경 쓰지 않는다. 내가 떳떳하고 생활에 만족하니 남이 부럽지 않다. 다른 사람과 비교하지 않는 삶, 이것이 진정한 삶이 아닐까? 제주도에 살며 불편한 점은 눈높이를 낮추고, 환경에 맞춰 살면 된다. 작은 것에 기쁨을 느끼면 큰 행복이 찾아온다. 욕심을 짊어지지 않아서 몸과 마음 모두 가볍게 살고 있다.

제주도에 내려온 첫해, 아버지께서 돌아가셨다. 아버지께서는 교직을 은퇴하시고 바다가 보이는 곳에 작은 집을 짓고 사시는 것이 꿈이셨다. 하지만 퇴직을 하신 후 10년 넘는 시간 동안 병치레만 하다가 돌아가셨다. 그 소박한 꿈을 끝내 이루지 못하셨다. 바다가 보이는 집에 살며 가끔 '아버지께서 원하셨던 인생을 내가 대신 살고 있는 것은 아닌가?'라는 생각을 한다. 그래서 이곳에서 더욱 의미 있게 살고 싶다.

꿈꾸었던 일이 이루어졌다.

오늘도 드라이브를 하며 제주의 바람을 느낀다.

그리고 나는 제주도로 퇴근한다.

신재현

CONTENTS

PROLOGUE   나는 제주도로 퇴근한다 · 012

1

서울 초등 교사,
제주 초등 교사가 되다

유리 멘탈, 서울 선생님 · 022

제주, 그 몹쓸 병 · 027

여름비가 매섭게 내리던 날 · 030

어제도, 오늘도, 내일도 노는 아이들 · 036

제주 병이 아토피를 고쳤습니다 · 041

우도 책방, 밤수지맨드라미 · 045

주중은 죽음, 주말은 환상! · 050

미션, 제주도에서 집 구하기 · 054

애월해안도로를 달리다 · 061

제주도에는 쌍무지개가 뜬다 · 065

사실, 몸 테크 중입니다 · 069

제주도 초등학교 이야기 1 · 073

제주도 초등학교 이야기 2 · 078

2

소소해서 특별한,
제주 일상

충청도 남자와 서울 여자의 제주살이 · 084

아시나요? 백수는 과로사한다는 사실 · 088

제주도에서 직장인으로 살아남기 · 091

어떻게 사랑이 변하니? · 096

혹시, 제주 부심을 아세요? · 100

텃세와 편견 그리고 괸당 문화 · 104

제주도에 살며 제주도를 그리워하다 · 110

프로 손절러가 된 이유 · 114

아내, 읍 체육 대회 대표가 되다 · 118

제주도에서 진돗개 키우기 · 124

제주도에서 만난 이웃사촌 · 129

자전거포 아저씨와 신 반장 · 133

시고르자브종의 유혹 · 139

제주도 고기 맛에 빠지다 · 144

맥주, 너란 놈 · 150

매일매일 금주 선언 · 155

제주 도민의 쇼핑법 · 159

우리 서울로 놀러가자 · 163

거친 바람과 상상 초월 습도 그리고 비 · 167

조심하세요, 제주도는 '녹'이 많아요! · 171

그 이름도 무서운 너, 태풍 · 174

3

제주도 이주민의
제주 활용법

캠핑의 천국 제주도 · 180

카니발 타고 제주 차박 여행 · 187

제주도의 맛, 한치와 방어 · 192

가을 억새의 향연, 산굼부리 · 197

귤 무료로 따 가세요! · 204

이 귤은 공짜가 아닌가요? · 210

성산이 그립다 · 215

제주 도민은 호텔을 좋아한다 · 219

표선해수욕장의 추억 · 224

마음이 복잡하면 카페에 간다 · 228

오름 예찬 · 236

힐링이 필요하면? 사려니숲 · 242

섬 속의 섬 우도 · 246

EPILOGUE 평범하지 않아 특별하다 · 256

꿈꾸었던 일이 이루어졌다.

오늘도 제주의 바람을 느낀다.

그리고 나는 제주도로 퇴근한다

1

서울
초등 교사,

제주 초등 교사가 되다

유리 멘탈, 서울 선생님

○

항상 그랬다. 방학마다 제주도로 왔고, 차창 밖으로 푸른 잔디가 깔린 초등학교가 보일 때마다 '이런 곳에서 근무하면 얼마나 좋을까?'라는 막연한 상상을 했다. 그런데 시간이 지나 정말로 제주 초등학교 교사가 되었다.

"제주도는 여행하는 곳이지 살 곳은 아니야."

"거기라고 다를 줄 알아? 사람 사는 곳이 다 똑같지."

서울의 동료 교사나 지인들은 모두 이렇게 말했다. 제주도에 살아 보니 이런 말이 맞기도 하고 틀리기도 하다.

나는 서울에 살 때 지하철을 타는 것을 싫어했다. 지하철 안 사람들의 무표정과 경계심을 볼 때면 숨이 턱하고 막혔다.

그래서 가까운 거리도 차를 몰고 다녔는데, 서울에서 운전하는 것이 즐거울 리 없었다. 출퇴근 지옥에 갇혀 운전을 하면 5km의 거리도 한 시간이 걸려 올 때가 있었고, 한 시간만 도로에 있어도 한 달은 늙은 것 같았다.

무엇보다 서울에서의 생활은 항상 피곤했다. 직장에서는 항상 경쟁했고, 시기와 질투가 만연했다. 직장 동료에게 좋은 일이 생기면 겉으로는 다들 축하했지만, 속으로는 조급해 했다. 회식은 잦았고 술자리 안줏거리는 항상 남의 이야기였다. '진정한 승자가 누구인지 알아? 끝까지 살아남는 사람이야.'라는 이야기는 나 같은 유리 멘탈을 가진 사람에게는 전혀 상관없는 이야기였다. 아침이 오는 것이 싫었고, 맥주를 몇 캔 마셔야 잠을 잘 수 있었다. 이러다가는 내가 죽을 수도 있다는 생각이 들었다.

항상 제주도를 그리워했다. 제주도에 가면 모든 것이 해결될 것만 같았다. 방학마다 2주든 3주든 제주살이를 시작했다. 서울로 복귀하면 다시 제주 앓이가 시작되었다

'사람의 인생은 몇 번의 선택으로 결정된다.'라는 말이 있다. 돌이켜 생각해 보면 난 중요한 순간 몇 번의 잘못된 선택을 해 왔다. 되새기자면 후회가 밀려와 생각하고 싶지 않다. 나의 인생이 남이 보기에는 어떨지 모르지만, 내 마음속에 항상 미련

PHOTO | 유리 멘탈, 서울 선생님

이 남아 있는 것은 어쩔 수 없는 일이다.

　나는 아주 중요한 결정을 했다. 남들은 이름만 들어도 '우와! 정말?'이라는 반응을 보이는 서울의 국립 대학교 부설 초등학교를 사직했다. 그리고 난데없이 제주도 초등 임용 고시를 다시 보았다. 나이가 40살이 넘어서 20대의 대학생들과 함께 시험공부를 하며 얼마나 자주 회의감이 느껴졌는지 모른다. 자존감은 바닥을 쳤고, 정말 이 길이 올바른 길인지 몇 번을 되물었다. 주변에서도 모두 이해할 수 없다는 반응이었다.

　결론적으로 40살이 넘어 임용 고시에 다시 합격했다. 제주도 교육청과 학교에서도 내 이러한 스토리는 벌써 화제가 되었다. '서울의 부설 초등학교 교사가 제주도 공립 학교 임용 고시를 다시 쳐서 합격하다.'라는 이야기는 이제껏 볼 수 없었던 일이라며 모두 궁금해 했다.

　'대단하세요. 공부 머리가 아직 남아 있으세요?'라는 감탄사 뒤에는 말하지 않았지만, 한 가지 궁금증도 숨어 있는 것 같았다. '그런데 왜 그러셨어요? 도대체 무슨 사연이 있으셔서 내려오셨나요?'라는 그들의 의심 어린 눈빛을 보며 나는 그냥 씩 웃어넘겼다.

　내가 좀 더 쉬운 길을 놔두고 어려운 길을 택한 것은 내 인생을 리셋하고 싶었기 때문이다. 아무리 노력해도 자꾸만 뒤로 가는 것만 같던 서울에서의 생활을 정리하고 제주도에서 새로운 삶을 시작하고 싶었기 때문이다.

주위의 걱정 어린 시선을 뒤로한 선택은 틀리지 않았다.

제주, 그 몹쓸 병

○
●

우리나라 사람들은 휴가철이 되면 왜 먼저 제주도를 떠올릴까? 그것은 제주도가 비행기를 타고 가장 멀리 갈 수 있는 국내이기 때문이다. 비행기를 탄다는 것은 큰 의미가 있다. 육지의 다른 곳은 자신이 사는 세상과 길이 연결되어 있지만, 제주도는 그렇지 않다. 반드시 바다를 건너야만 한다. 그것은 단절을 의미한다. 사람들이 비행기를 타고 조금의 시간만 있어도 제주로 오는 것은 잠시라도 골치 아픈 현실과 단절하고 싶은 마음 때문이다. 그래서 제주도는 언제나 특별하다.

나는 서울과 단절하고 싶었다. 더 나아가 육지의 모든 것과 단절하고 싶었다. 내가 교사로서 사회생활을 해 왔던 그곳,

다양한 인연을 맺으며 살던 그곳에서 벗어나고 싶었다. 그러기 위해서는 제주도여야 했다. 모든 직장이 그렇겠지만, 제주도로 내려오기 전에 근무하던 학교에서 인간에 대하여 깊은 회의를 느꼈다. 오직 자신의 이익을 생각하고 경쟁자라고 여기면 갖은 방법을 동원해 그 사람을 깎아내리려는 사람들을 보며 인간에 대한 환멸을 느꼈다. 내가 나약해서라는 사람들도 많았다. 하지만 나는 같이 싸우고 싶지 않았다.

제주도로 이주한 후에는 인간관계를 가볍게 하고 가족과 있는 시간에 집중했다. 300명이 넘던 내 휴대폰의 연락처 목록은 지금 50명도 되지 않는다. 내 휴대폰에는 직장에 관계된 사람들의 연락처가 없다. 연락할 일이 있으면 학교에 전화하면 된다. 중요한 일이면 상대방에게 전화가 걸려 온다. 급한 것이 없다. 행복 지수가 급격하게 올라갔다. 서울에서 달고 살던 헛구역질과 소화 불량이 신기하게도 사라졌다. 웃는 시간이 늘어났고 웃는 만큼 나를 좋아하는 사람들이 늘어났다. 이 모든 것이 제주도가 내게 준 선물이다.

제주도에 내려오지 않고 서울에서 계속 살았으면 어땠을까? 아마도 제주도 불치병은 여전했을 것이다. 제주도에 내려와야만 낫는 몹쓸 제주 병. 제주 바다가 보이는 카페에 앉아 소화제 대신 커피를 마시며 조금씩 나아지는 중이다.

여름비가 매섭게 내리던 날

○
●

"나 안 가. 왜 굳이 제주도에 가서 살아야 해? 그렇게 힘들면 휴직하면 되잖아."

내가 제주도에서 살고 싶다고 하자 아내는 이렇게 말했다.

"그래, 싫으면 안 가도 돼. 그런데 나 죽어도 돼? 안 가면 나 죽을 것만 같아."

이제는 꽤 시간이 지난 이야기지만, 제주살이를 하고 서울로 복귀하던 날 아내와 나눈 이야기이다. 결국 우리 가족은 다음 해에 제주도로 내려왔다. 이런 이야기를 지인들에게 하면 "완전 협박이잖아요. 남편이 그런 소리 하는데 누가 안 간다고 해요?"라며 내가 마치 작전을 쓴 것처럼 말한다. 하지만 나는 진심이었다. 그때는 정말로 죽을 것만 같았다.

2017년 여름, 우리 가족은 표선해수욕장 근처의 빌라에서 처음으로 제주살이를 경험했다. 그때는 제주 이주 열풍이 정점을 찍던 시기여서 한 달 살이를 할만한 집을 구하기가 정말 어려웠다. 그 당시에도 가장 인기가 있었던 한 달 살이 집은 제주 돌집을 개조한 곳이었는데, 이미 몇 달 전부터 예약이 끝나서 구할 수 없었다. 제주도 가옥의 특징이 전혀 없었지만, 결과적으로는 만족스러웠다. 깔끔하고 편리한 것이 아파트에 사는 우리에게는 안성맞춤이었다.

보름 정도의 길지 않은 시간이었지만, 이곳에서 우리 가족은 평생 잊을 수 없는 추억을 만들었다. 매일 야근하느라 아이들과 보내는 시간이 거의 없었는데, 눈을 뜨고 잠을 잘 때까지 아이들과 뒹굴고 부딪치며 시간을 보냈다. 날이 좋으면 물놀이 도구를 챙겨 바다까지 걸어갔다. 해수욕장에서 피부가 빨갛게 익을 때까지 종일 물놀이를 했다. 빈둥대는 삶이 이토록 행복한지 처음 알았다. 한 달도 되지 않는 제주살이의 시간은 나의 가치관과 삶의 지향점을 완전히 바꾸어 놓았다. 그때부터 내 시간의 중심은 가족이 되었다.

"생각해 보니 제주도에서 살아도 될 것 같아."

제주에 다녀오고 냉랭하게 지낸 지 얼마 후, 아내가 말했다.

그 뒤로 제주에서 살 집만 검색했다. 겨울 방학을 맞아 우리 가족은 다시 제주살이를 시작했다. 이번에는 한림읍 귀덕리 쪽에 집을 얻었다. 제주로 이주하기 전에 제주살이를 하며 집을 구하기 위해 내려온 것이다. 나중에 알게 되었지만, 제주도에서는 보통 2~3주 전에 집을 계약한다. 길어 봐야 한 달 전에 계약한다. 우리는 서울처럼 석 달 전에는 집을 구해야 하는 줄 알고 급하게 집을 구하러 다녔다.

겨울에 제주살이를 했던 집은 제주로 이주한 부부가 별채로 지은 조립식 주택이었는데, 12평 정도의 작은 규모로 복층 다락방이 아담하게 있었다. 나는 그곳에서 책을 읽고 글을 쓰며 시간을 보냈다. 겨울의 제주도는 오후 5시면 해가 지는데 낮에는 귤 따기 체험을 하고, 보말(고둥)을 잡고, 예쁜 카페를 다니며 시간을 보내다가 저녁에는 가족끼리 영화를 보았다.

나는 지금도 여름비가 매섭게 내리던 날, 아이들과 우산을 받쳐 들고 편의점을 가던 시간을 잊을 수가 없다. 작은 우산 하나를 집 주인에게 빌려 넷이 쓰고 갔으니 누구 하나 비에 젖지 않은 사람이 없었다. 비를 쫄딱 맞으면서도 뭐가 그리 재미있었는지 깔깔대며 좋아하던 아내와 아이들의 모습이 영화처럼 선명하다. 아이들에게 간식을 사 주고, 아내와 대낮부터 맥주를 마셨다. 취기가 약간 오르자 아이들을 양쪽 팔에 한 명씩 안고 얼굴을 비벼대며 원 없이 놀아 주었다. 아이들도 서울에서 보지 못했던 내 모습에 어색해 하면서도 좋아했다.

제주도에 오면 매일 이렇게 살 것만 같았다. 가족끼리 매일 웃으며 살 수 있다고 확신했다. 다행히 그때 내 생각은 틀리지 않았다. 우리 가족은 서울에서보다 많이 웃고, 많은 시간을 함께 보낸다.

PHOTO | 여름비가 매섭게 내리던 날

어제도, 오늘도, 내일도 노는 아이들

○
●

제주에 처음 내려올 때, 아내와 나는 아이들 문제로 고민이
많았다. 우리 가족이 살던 아파트는 서울에서도 교육열이 높
기로 유명한 곳이었다. 주위에 유명 사립 초등학교와 국제 중
학교가 있고, 학원이 즐비한 동네였다.

나는 충청도의 평범한 공무원 집안에서 가진 것 없이 자란
경우라 교육의 힘을 신봉했다. 어릴 때부터 공부를 잘해야 성
공한다고 절대적으로 믿었다. 내가 자라온 환경이 그런지라
아들딸을 보며 '아빠가 물려줄 것은 없지만, 좋은 교육만큼은
받게 해 줄게.'라고 생각한 것은 어쩌면 자연스러운 일이었다.

하지만 아내는 달랐다. 나와 달리 부유한 집안에서 자라서

인지 '교육으로 신분 상승을 할 수 있다.'라는 내 생각에 전혀 공감하지 않았다.

"어릴 때 학원 보내고 그러는 거, 다 부모 욕심이야. 학원도 아이들이 가고 싶다고 할 때 보내야지. 어릴 때 사교육비를 아껴서 차라리 아이들에게 적금을 들어 주고, 주식 통장을 만들어 줘. 그게 현명한 거야."

나는 아내 말을 참 잘 듣는다. 결국 우리 아이들은 서울에서 학원을 한 군데도 가지 않았다. 아파트 단지 내 그런 집은 우리밖에 없었다. 주위 사람들은 우리를 참 신기해 했다.

"특별한 교육 철학이 있으신 거지요?"

어떤 사람은 부부 교사인 우리가 남다르게 느껴졌을지 모르지만, 철학은 무슨. 우리 집에서는 아내의 생각이 법이요, 곧 철학이다. 솔직히 나는 불안했다. '이러다가 우리 아이들만 뒤처지는 것 아니야?'라는 생각이 항상 머릿속을 맴돌았다. 아파트 이웃들의 우리를 향한 신기하고 의아한 시선에 정점을 찍은 것은 제주도 이주였다. 친한 이웃에게 제주도 이주를 이야기하자 모두 충격을 받았다.

"제주도는 가끔 여행을 다녀올 때나 좋은 거지. 살아 봐라, 좋은가."

"아이들 생각은 안 해? 초등학교는 그렇다 쳐, 중학교랑 고등학교는? 우리나라에서 입시는 자유롭지 못해."

지인들은 너나 할 것 없이 이렇게 말했다. 이런 이야기를 들을 때면 마음이 무거워졌지만, 제주도 이주에 대한 의지는 흔들리지 않았다.

"살아 보고 아니면 올라오지, 뭐!"

해 보고 후회하는 것이 안 하고 후회하는 것보다 낫다고 했던가? 그런 마음으로 제주도로 내려왔다.

우리 아이들은 여전히 학원에 다니지 않는다. 아들은 학교가 끝나면 곧장 집에 와서 종이접기를 하고 영화를 보며 아이들과 논다. 딸은 태권도 학원 하나만 다니는데 그 외의 시간은 책을 읽고 자전거를 타며 옆집 아이들과 논다.

"여기는 다른 세상이다. 꼭 나 어릴 적에 어두워질 때까지 놀다가 엄마가 밥 먹으라고 소리치면 그제야 집으로 돌아가던 그 시절 같아."

우리 집에 놀러 오는 지인들은 하나같이 이렇게 말한다. 타운 하우스 아이들끼리 이 집 저 집 드나들며 자전거를 타고, '무궁화꽃이 피었습니다'를 하며 노는 모습이 그들의 눈에는 다른 세상처럼 보일 것이다. 특히 해가 길어진 여름에는 9시가 되어도 잘 들어오지 않는다. 정말 놀아도 너무 논다.

"어두워지면 들어와야지. 밥도 안 먹고 노니?"

아이들에게 하는 이 잔소리는 내가 어릴 때 부모님께 자주 들었던 말이다.

"우리 애들 너무 공부 안 하는 것 아니야? 좀 시켜야 하지 않을까?"

보다 못해 이런 이야기를 하면 아내는 "됐어, 내버려 둬. 나중에 다 알아서 해."라며 나에게 면박을 준다. "학원도 좀 보내자. 부진아는 되지 말아야지."라고 말하면 아내는 꼭 나에게 결정타를 날린다.

"아니, 학원 보낼 거면 뭐 하러 제주도 내려왔어? 좋은 학원 많은 서울에서 살지."

아내는 나를 너무 잘 안다. 어떤 말을 해야 내가 아무 말도 못 하는지 참 잘 안다.

토요일 오후, 우리 아이들은 지금 집에 없다. 오전에는 옆집에서 설치한 수영장에서 노는 소리가 들리더니 지금은 어느 집에 들어가 있는지 모르겠다. 어제도 놀았다. 오늘도 논다. 내일도 놀 것이다.

'공부는 못해도 좋으니 바르게만 자라다오.'라는 어디에선가 들었던 이 말을 마음속에 되새긴다. 이 말을 떠올리며 가슴 깊은 곳에서 올라오는 말을 입술을 깨물며 참아 본다.

"제발 그만 놀고, 양심상 공부를 조금만 해 주면 안 될까?"

PHOTO | 어제도, 오늘도, 내일도 노는 아이들

제주 병이 아토피를 고쳤습니다

○
●

 서울에서 아들과 딸은 아토피로 고생했다. 특히 아들은 유난히 심했는데, 조금만 건조하거나 더우면 아토피가 올라왔다. 서울에 있는 유명한 피부과에도 다녀 보고 비싼 약을 써 보았지만, 항상 그때뿐이었다. 아내와 나는 아토피가 없는데, 자녀에게 생긴 아토피를 보며 미안한 마음이 들었다.
 내가 제주 병에 걸려 방학마다 제주살이를 할 때 아내와 나는 신기한 광경을 보았다. 제주에 내려오기만 하면 아들과 딸의 아토피가 호전되는 것이었다. 아토피가 상대적으로 덜한 딸의 피부는 아토피를 찾아볼 수 없을 정도로 매끈해졌고, 아들의 아토피도 눈에 띄게 사라졌다. 아이들도 제주살이를 경험하며 피부로 인한 스트레스를 받지 않아서인지 표정이 밝아졌다.

"아빠, 제주도 좋아. 나쁜 아토피가 없어지잖아."

아들과 딸의 이 말을 들으니 제주도로 이주해야겠다는 생각이 더 강해졌다. 제주살이가 끝나고 서울로 돌아가면 영락없이 다시 심해지는 아토피를 보며 아내와 나는 확신했다. 제주도가 아이들의 병을 낫게 해 줄 것이라고 믿었다.

사람도 동물인지라 생존을 위해 자신이 살아야 할 곳을 본능적으로 알아내는 것 같다. 아이들은 확실히 서울보다 제주도의 환경을 더 편하게 생각했다. 나는 아들에게서 이런 것을 많이 느꼈는데, 아들은 제주도의 숲을 특히 좋아했다. 차를 타고 나무가 많은 숲을 지나갈 때면 누가 시키지도 않았는데 창문을 내리고 고개를 밖으로 내밀었다. 아무 말도 하지 않고 바람을 쐬는 아들의 모습을 신기하게 바라보았다. 오름이나 사려니숲 같은 청정한 지역으로 여행을 가면 아들의 표정이 밝아졌다. 절대적이라고 할 수 없지만, 우리 아이들에게는 제주도의 깨끗한 환경이 맞는 듯했다.

"우리 정말 제주도에서 살까?"라는 나의 물음에 아이들은 단 한 번도 망설이지 않고 "응, 좋아!"라고 대답했고, 제주살이 4년 차가 된 지금도 서울보다 제주도가 좋다고 말한다.

둘째 딸 아이는 아토피가 완전히 사라졌다. 심한 아토피는 아니지만, 가끔 아토피가 올라올 때면 독한 로션을 발라 주어야 했는데 지금은 전혀 바르지 않는다. 아토피가 심했던 아들도 꽤 좋아졌다. 가끔 아토피 때문에 로션을 바르지만, 서울에 있을 때 비하면 아무 일도 아니다. 서울에 살 때 아토피 때문에 잠을 설치고 피가 나도록 긁던 아들의 모습이 떠오를 때면 조금 더 일찍 제주도에 내려오지 않은 것이 미안할 뿐이다.

제주도에 내려오며 나와 아내는 많은 것을 버렸다. 흔히 말하는 스펙, 경력, 승진 점수 등등. 서울에서 밤늦게까지 일하며 쌓은 것들이 제주도에서는 별로 인정받지 못하기에 허탈할 때도 있지만, 제주도에 내려와 편안하게 사는 아이들을 보며 위안을 얻는다.

'그래, 무엇이 중요하겠는가? 내 자식의 건강보다 중요한 것이 무엇이 있을까?'

제주도에 내려와 자주 웃고, 편안하게 지내는 가족들의 모습을 보며 이 선택이 옳은 것이라고 믿는다. 내 제주 병으로 인해 시작된 우리 가족의 제주살이. 서울의 아파트를 정리하고 학교를 사직하고 그동안 쌓아온 많은 것들을 버리고 내려왔지만 후회는 없다. 이곳은 나만이 아닌 아이들도 선택한 제주도이기 때문이다.

우도 책방, 밤수지맨드라미

○
●

제주도 이주를 결심하고 있던 2017년 12월의 어느 날. 우연히 텔레비전을 틀었다가 MBC 스페셜 〈시골에 가게를 차렸습니다〉를 보게 되었다. 이런 것을 운명이라고 해야 하나? 프로그램에서는 제주도 우도에 조그만 책방을 연 서울 부부와 제주도 구좌읍 송당리에 플라워 카페를 오픈한 서울 부부가 나왔다. 가장 인상적이었던 장면은 "지금 행복하세요?"라는 질문에 모두 망설임 없이 "네, 행복해요."라고 대답한 것이었다. 방송을 통해 비춰진 그들의 미소와 삶이 부러웠다. 나도 그들처럼 살 것이라 기대하며 제주도로 내려왔다.

제주도에 내려온 지 얼마 되지 않아서 우리 가족은 우도를 갔다. 당연한 듯 우도 책방 '밤수지맨드라미'로 향해 사장님 부부와 많은 이야기를 나누었다. 내면이 단단하고 삶이 행복한 사람들은 그 마음이 얼굴에 드러나기 마련이다. 손님 한 명 한 명에게 정성을 다해 커피를 내리고 대화를 나누는 그들의 얼굴에서 인생을 행복하게 살고 있는 모습을 찾아볼 수 있었다.

그날 우리 가족은 우도를 나오는 것이 아쉬워 급하게 숙소를 잡고 이틀이나 우도에서 묵게 되었다. 마침 '밤수지맨드라미'에서는 야간 책방이 열렸다. 우리 가족은 밤마다 책방으로 가서 책을 읽고, 맥주를 한잔하며 우도의 밤을 즐겼다.

우도를 다녀온 후 한동안 우도 병에 걸려서 '우도에 또 가고 싶어.'라는 말을 입에 달고 지냈다. 실제로도 몇 번을 다시 방문했다. 그때마다 밤수지맨드라미 책방을 찾았고, 이제는 만나면 꽤 반가워하는 지인이 되었다.

사람이 걸어가는 인생은 여러 가지 길이 있다. 그러나 많은 사람은 같은 곳만 바라보며 똑같은 길을 걸으려 한다. 돈, 승진, 사회적 지위, 아파트 평수 같은 것들을 좇는다. 트리나 폴러스의 〈꽃들에게 희망을〉이라는 책을 보면 한 곳만 바라보고 서로를 짓밟으며 올라가는 애벌레의 모습이 나온다. 그들과 달리 다른 길을 택한 노랑 애벌레는 아름다운 나비가 되지만, 애벌레 기둥을 이룬 수많은 애벌레는 서로 엉키고, 밀치고 바닥으로 떨어진다. 그들과 똑같이 서로를 짓밟으며 올라가던 호랑 애벌레는 나비가 된 노랑 애벌레를 알아보고 뒤늦게 다시 땅으로 내려온다. 그리고 멋진 호랑나비가 된다. 노랑나비와 호랑나비는 하늘을 날며 서로 뒤엉켜 올라가는 애벌레 기둥을 안타깝게 바라보며 이야기가 마무리된다.

'어쩌면 우리는 애벌레 기둥 속 뒤엉킨 애벌레가 아닐까?'

내가 서울에서의 삶보다 제주도에서의 삶이 더 행복한 이유는 다른 사람과 다른 길을 택하기로 마음먹었기 때문이다. 물론 지금도 종종 회의감이 들어 우울해질 때가 있다. 그럴 때마다 '아직도 내려놓지 못했구나.'라는 생각을 하며 반성한다. 내면이 단단한 사람은 절대 주위를 의식하지 않는다. 주위의 시선이나 편견에 흔들리지 않는다. 내 인생에 당당한 사람은 누가 뭐라 해도 행복하다. 그리고 사람들은 그런 사람을 부러워한다.

이곳에서 조금만 더 '내려놓고 살기'를 연습한다면 나는 나비가 될 수 있을까?

PHOTO | 우도 책방, 밤수지맨드라미

주중은 죽음, 주말은 환상!

○
●

"제주살이를 정의 내려 볼까? 주중은 죽음, 주말은 환상!"

퇴근한 아내가 맥주를 시원하게 들이켜며 한 말을 아직도 생생하게 기억한다. 아내는 제주도에서의 교사 생활을 서울에서의 교사 생활보다 힘들어 했다. 당시에 나는 육아 휴직 중이었는데. 이럴 때마다 나는 아내의 눈치를 보며 슬쩍 잔에 맥주를 채워 주었다. 말은 안 했지만 아내의 눈빛에는 '내가 어쩌다 저 인간을 만나서 제주도까지 내려왔나?'라는 생각이 담겨 있는 것만 같았다.

사실은 나는 아내의 말 중에서 일부는 동의하고 일부는 동의하지 않는다. 동의하는 것은 제주도에서 주말을 맞는 것은 정말 환상이라는 것이다. 동의하지 않는 것은 주중에 그렇게 힘들지 않다는 점이다.

　나는 금요일 퇴근하는 차 안에서 항상 노래를 부르며 집에 온다. 제주도는 주말이 되면 거리에 있는 자동차부터 달라진다. '하, 호, 허' 번호판이 즐비하고, 한산하던 도로가 막히기 시작한다. 어딜 가도 사람이 많다. 제주도에 산 지 그리 오래되지 않아서인지 나는 주말만 되면 관광객 모드로 바뀌어 버린다. 주말 퇴근길이 여행길이고, 심지어 내가 지금 몰고 있는 차도 렌터카다. 이러니 주말이 얼마나 환상적이겠는가? 주말마다 제주도를 여행하는 기분으로 살고 있으니 말이다.

　서울에서의 주말은 특별할 것이 없었다. 주중이든 주말이든 차는 항상 막혔고, 괜히 놀러 갔다가는 차에서 보내는 시간이 더 많기에 집에서 TV나 보며 뒹굴뒹굴했다. 밤에는 아파트 친구나 형들을 만나 밤새도록 술을 마시는 일이 전부였다. 좀 특별하게 보낸다면 가족과 백화점이나 찜질방에 가는 정도?

　제주도에서의 주말은 다채롭다. 봄이면 바다로 숲으로 캠핑하러 다니고, 여름이면 집에서 5분도 되지 않는 바다에서 종일 물놀이를 한다. 가을이면 억새가 우거진 오름을 오르고 겨울이면 귤도 따고, 호캉스를 다닌다(겨울 비수기에는 호텔 숙박 요금이 매우 싸다). 이렇게 살면 외식을 하러 비싼 음식점을 다니지 않아도 된다. 바다가 보이는 마당에서 바비큐 파티를 하면 어느 비싼 음식점보다 훨씬 맛있다. 어디 나가고 싶은데 가족들이 호응을 안 해도 괜찮다. 마당에 텐트를 치고 나 혼자 홈 캠핑을 하면 된다.

이렇게 지천에 놀 것들이 널려 있으니 체력이 되지 않아 못 놀 뿐이지 놀 것이 없어 고민하지는 않는다. 요즘은 주말마다 밖으로 나가려는 나 때문에 가족들이 힘들어 한다. 제발 이제는 집 안에 가만히 있자고 말이다.

하지만 오늘도 집에만 있는 지루함에 못 견뎌 은근슬쩍 운을 띄워 본다.

"오늘은 오름을 가 볼까? 어때, 다들?"

아내는 시선을 피하고 아들딸은 모두 자기 방으로 황급히 사라졌다. 이번 주는 어쩔 수 없을 것 같다. 마당에 텐트나 쳐야겠다.

미션, 제주도에서 집 구하기

○
●

제주도로 이주를 하려면 무엇보다 가장 중요한 것이 집을 잘 구하는 것이다. 어디에 살던지 집은 중요하지만, 제주도에서는 절대적이다. 도시에서는 병원이나 학교, 마트, 문화 시설 등이 어디에 살아도 잘 갖추어져 있어서 큰 차이가 없지만, 제주도는 그렇지 않다. 교육이나 의료 그리고 편의시설 대부분이 제주시와 서귀포시 도심에 몰려 있다. 사실 그런 것이 별로 중요하지 않고 전원생활만이 목적이라면 상관없겠지만, 아이들을 키우거나 교육을 생각한다면 말이 달라진다. 또한 아파트가 아닌 단독주택에 살고 싶다면 더욱 주의를 해야 한다. 제주도의 집은 천차만별 그리고 각양각색이기 때문이다.

제주도는 집을 구하는 방법이 도시와 차이가 있다. 대부분 '제주오일장'이라는 사이트에 매물이 올라와 있는데, 집을 구하려면 무조건 이곳를 들어가 봐야 한다. 아무래도 제주도 집을 구하는 사람들이 육지에서 오는 외지인이기에 '제주오일장'에 매물을 올려놓고 검색할 수 있도록 한 것이다. 우리 가족도 이 사이트를 이용했다.

여기까지는 문제가 없었는데, 아내와 내가 모르는 것이 한 가지 있었다. 제주도는 계약일과 이사 날짜의 개념이 도시와 다르다. 대부분 도시에서는 적어도 이사일 3개월 전에 계약을 하는 것이 일반적인데, 제주도는 그렇지 않다. 이삿날 기준, 길게는 한 달, 짧게는 일주일 전에 계약을 한다. 우리는 2월에 이사를 할 계획이었기에 12월에 한 달 살이를 하러 와서 매일 집을 보러 다녔다. 결국은 1월 초가 되서야 집을 계약하고 서울로 올라갔다. 무엇이든 일을 급하게 하면 탈이 난다고 우리 가족은 집을 잘못 구해서 2년 동안 하지 않아도 될 고생을 했다.

제주도 첫 집은 제주도 동쪽 성산읍의 건평은 60평, 정원만 200평이 넘는 개인 주택 전세였다. 마당과 집 평수 모두 만족스러웠으나 위치가 문제였다. 아내가 발령이 난 곳은 서귀포시 남원읍으로 집에서 편도 35km, 왕복 70km가 넘는 거리였다. 아내는 이 거리를 2년 동안 매일 운전하며 다녔다. 나와 아이들도 힘들었다. 당시 첫째 아이는 9살, 둘째 아이는 7살. 아들딸 모두 아직 어려서 병원을 갈 일이 많았는데, 성산읍 내에는 소아과가 없었다. 가장 가까운 소아과가 40km 거리였다. 학원은 찾아볼 수가 없어 미술을 배우고 싶다는 둘째 아이를 학원에 보내 줄 수 없어 눈물을 삼켰다. 우리 가족은 육지에도 자주 가야 하는데 공항까지 거리는 45km가 넘었다.

무엇 하나 가까운 곳이 없었다. 도중에 이사를 할까도 생각했지만, 집이 나가야 우리도 나갈 수 있었다. 집을 지은 사람은 흔히 말하는 업자였다. 집을 단기간에 지어 놓고 팔고, 그 돈으로 다시 다른 집을 짓고 파는 식이었다. 그래서 집에 문제가 생겨도 세입자인 내가 다 해결해야 해서 돈뿐만 아니라, 시간도 많이 들었다.

에어컨도 설치되어 있지 않아 우리가 설치했고, 보일러는 자주 고장이 났다. 물도 잘 끊겼다. 어느 것 하나 제대로 된 집이 아니었다. 그 집이 가진 것은 그냥 멋진 뷰, 하나였다. 아무리 멋진 뷰가 있어도 몸과 마음이 힘들면 멋져 보이지 않는다. 한 번은 집이 계속 말썽을 부려 서러움이 복받쳐 오를 때 우도의 멋진 뷰가 보였는데, 입에서 이런 말이 튀어나왔다.

"지겨워!"

이토록 집은 중요하다. 힘든 성산의 생활을 마치고, 드디어

PHOTO | 미션, 제주도에서 집 구하기

이사를 했다. 제주 생활의 쓴맛을 2년이나 맛본 아내와 나는 눈에 불을 켜고 집을 보러 다녔다. 아파트나 빌라에 살고 싶지 않았기에 우리 가족은 타운 하우스를 생각했다. 타운 하우스는 아파트의 편리함과 주택의 독립성이 조화된 '펼쳐 놓은 아파트'라고 생각하면 된다.

아내와 나는 제주도에 나온 타운 하우스는 거의 다 본 것 같다. 집을 구할 때 몇 가지 조건이 있었는데 제주시 도심까지 5km 이내일 것, 연세일 것, 시스템 에어컨과 가스보일러가 설치되어 있을 것, 학교가 500m 이내일 것 등이다. 그런 모든 것들을 고려하여 이사하기 1년 전부터 시간만 나면 집을 보러 다녔다.

그렇게 공을 들여서일까? 우리에게 딱 맞는 지금의 집을 구할 수 있었다. 지금 우리의 주거 만족도는 120%이다. 사실 전세를 구하지 않고 연세를 구한 이유는 간단하다. 성산 집을 뺄 때 집을 보러 오지 않아 마음 졸였던 시간 때문이었다. 요즘 같은 때에 '전세금을 못 받을까?'라고 생각하면 오산이다. 제주도는 그런 일들이 아직 일어나고 있다. 만일 제주도 이주를 생각한다면 우리가 집을 구할 때 고려했던 것들을 생각하기를 바란다. 그러면 적어도 내가 겪었던 일들은 피할 수 있을 것이다.

지금 우리 가족은 애월의 먼바다가 보이는 타운 하우스에 살고 있다. 주거의 만족도가 올라가니 제주도의 생활이 더욱 만족스럽다. 그런데 주거 만족도가 높으면 그에 따른 반사 현상도 생긴다. 요즘 아내와 아이들이 주말에도 집을 나가려 하지 않는다.

"좀 나가자. 심심하지 않아?"

내가 이렇게 물으면 아내는 이렇게 대답한다.

"심심하긴, 얼마나 좋아. 편하고 좋기만 한데."

아이들도 마찬가지이다.

"싫어, 아빠 혼자 나가."

돌이켜 생각하면 성산 집에서 생활할 때 우리 가족은 제주도를 가장 잘 즐겼다. 주말뿐만 아니라 주중에도 틈만 나면 이곳저곳을 다녔다. 편안한 집에서 사니 그렇게 호캉스를 좋아하던 아내가 호텔 이야기를 하지 않는다.

"우리 집이 호텔인데, 뭐!"

사람 많이 변했다. 우리 가족은 지금 제주도 호텔에 산다.

애월해안도로를 달리다

○
●

제주도는 날씨가 제주살이에 막대한 영향을 미친다. 날씨가 좋지 않은 날은 덩달아 기분이 우울하고, 날씨가 화창한 날은 괜히 마음이 들뜬다. 제주도에 내려오기 전에는 날씨에 민감하지 않았다. 서울에서는 비가 와도 우산 한번 펼쳐 보지 않은 날이 많았고(지하 주차장에서 지하 주차장으로 이동하기에 가능했다.) 날씨가 좋다고 하늘을 올려다보지 않았다. 하지만 제주도에서는 날씨에 따라 도민에서 관광객으로 모드가 자동 변경되니 항상 민감할 수 밖에 없었다.

우리 가족은 제주도의 해안도로를 좋아한다. 주말뿐 아니라 평일에도 날씨가 좋으면 아내와 눈빛으로 말한다.

"해안도로, 콜?"

제주살이의 가장 좋은 점은 이렇게 출근을 하는 평일에도 잠시나마 관광객이 될 수 있다는 점이다. 해안도로는 그렇게 자주 드라이브를 해도 갈 때마다 새롭고 설렌다.

"오늘 바다색 너무 예쁘지 않아?"

해안도로를 달릴 때마다 아내와 나는 도돌이표처럼 같은 말을 한다. 바다는 항상 예뻤다. 오늘도 퇴근하고 애월해안도로를 달렸다. 며칠 미세 먼지로 제주도의 맑은 하늘과 바다를 볼 수 없었기에 날씨가 좋아지자 바로 하귀애월해안도로를 향해 차를 몰았다. 모두 우리와 같은 마음이었는지 해안도로에는 차를 세우고 사진 찍기에 바쁜 관광객과 도민들이 섞여 있었다. 제주도에 3년 넘게 살아 보니 누가 관광객이고 도민인지 다 안다. 마음만 먹으면 언제든지 제주도의 바다를 옆에 끼고 드라이브를 즐길 수 있으니 이거야말로 제주도에 사는 맛이다.

해안도로는 분명 빨리 가는 길이 아니다. 제주도에도 섬을 관통하는 빠른 도로들이 많이 놓여 있다. 직선 도로를 달리면 해안도로의 거리는 20분이면 도착한다. 하지만 해안도로를 따라 이동하면 2배의 시간이 걸린다. 해안도로를 왕복하면 한 시간이 넘으니 이처럼 비경제적일 수도 없다. 그러나 쭉 뻗은 아스팔트를 달리면 제주도의 아름다운 바다와 붉은 석양을 볼 수가 없다. 제주도의 아름다움을 느끼기 위해서는 시간이 더 걸릴지라도 해안도로를 달려야만 한다.

우리 인생에도 여러 종류의 길이 있다. 어떤 사람은 다른 사람보다 먼저 도착하기 위해 가장 빠른 직선 도로만을 달린다. 또 다른 사람은 나무가 우거지고 꽃이 펴 상쾌한 공기와 꽃향기를 맡을 수 있는 오솔길을 걷는다. 빨리 가는 길을 외면하고 느린 길을 택해 걷는다. 과연 어떤 길이 현명한 길일까?

서울에서의 나는 항상 조급했다. 분명 빨리 가고 있었는데 남들이 나를 앞서가는 것만 같아 불안했다. 제주도에서의 나는 느긋하다. 남들이 나보다 분명 앞서가고 있지만 상관하지 않으려 한다. 나는 내 속도대로 걷고 싶다. 천천히 걸으며 좋은 사람들을 만나 이야기하고, 함께 여행하고, 웃으며 공감하고 싶다.

잘 뻗은 고속도로만을 달리면 하늘이 푸른지, 꽃이 피었는지, 나무는 무슨 색인지 알지 못한다. 천천히 돌아가는 해안도로를 달리면 매일 변하는 바다색과 하늘을 온전히 느낄 수 있다. 난 오늘도 해안도로를 달린다.

제주도에는 쌍무지개가 뜬다

○
●

"언니, 형부 나와 보세요."

금요일 퇴근 후, 제수씨라고 부르는 이웃이 우리 부부를 다급하게 불렀다. 무슨 일인가 나가 보았더니 하늘에 무지개가 떠 있었다. 그것도 너무나도 선명하게 쌍무지개가 떠 있었다.

"우와!" 아내와 나는 동시에 탄성을 내뱉었다. 제주도에 이주한 후에 우리 가족은 무지개를 종종 보았다. 서울에 살 때는 무지개를 본 기억이 없는데, 공기가 깨끗해서인지 비가 오고 화창하게 날이 갤 때면 무지개가 종종 떴다.

"아버지께서 또 좋은 소식을 보내 주시려나 봐."

아내에게 말했다. 아내와 나는 무지개를 볼 때면 돌아가신 아버지 생각이 난다. 제주도에 내려온 첫해에 아버지께서 돌아가셔서 나는 아버지 임종을 지켜보지 못했다. 그것이 이제까지 내 인생 최대의 한이 되었다. 무사히 장례를 치러드리고, 허망한 마음으로 제주도로 내려가려 할 때 하늘에 선명하게 무지개가 떠 있었다.

'무지개는 돌아가신 분이 하늘로 올라가는 다리라는 말이 있는데.'

무지개를 보며 아버지께서 편안히 하늘로 올라가셨으리라 생각했다. 아버지께서 돌아가신 후, 중요한 일이 있을 때마다 나는 무지개를 보았다. 다시 본 임용 고시 최종 합격자 발표 전날, 운전을 하며 집으로 돌아가는데 신산리바다에 떠 있는 무지개를 보았다. 그날 무지개는 신기하게 사라지지 않고 계속 우리를 따라 다녔다.

"여보, 내일 합격인가 봐. 아버님께서 보내 주신 무지개 같은데?"

아내가 말했다. 그리고 다음 날 합격했다. 그 후로도 내게 중요한 일이 있을 때면 무지개가 떴다. 내가 제주도에 정식 발령이 나기 전에도 무지개가 떴다. 어머니 건강이 안 좋아지셔서 대전에 올라가기 전날에도 무지개가 떴다. 대전에서 어머니와 함께 병원에 가며 내가 말했다.

"어머니, 아무 일 없을 거예요. 아버지께서 걱정하지 말라고 무지개를 보내 주셨거든요."

어머니 손을 잡고 나는 이렇게 말했고, 담당 의사는 괜찮으니 약만 잘 복용하라는 이야기를 했다.

"여보, 이번에는 어떤 소식을 전해 주시려고 무지개를 보내셨을까?"

너무도 선명한 쌍무지개를 보며 아내에게 물었다.

"이제 제주도에서 아무 걱정하지 말고 편안하게 잘 살라는 뜻 아닐까?"

아내의 말에 고개를 끄덕였다. 제주도에 살면 무지개를 자주 볼 수 있다. 저마다 무지개를 보며 드는 생각은 다르겠지만, 나는 무지개를 보며 돌아가신 아버지를 생각한다. 나에게 무지개는 아버지가 내려오시는 길이며, 걱정하지 말라는 아버지의 위로이자 격려이다.

"잘하고 있어. 잘 살고 있어."

무지개가 뜨면 지금도 아버지의 목소리가 들리는 것 같다.

사실, 몸 테크 중입니다

○
●

"우리 지금 제주도에서 몸 테크하고 있는 거야."

제주도에 내려온 첫해, 아내가 말했다.

"몸 테크?"

"비싼 서울 집 대신 제주도 시골에서 전세 살고 있으니까 돈
이 굳었잖아. 그러니까 몸 테크지. 이 돈은 내 마음대로 다른
곳에 투자한다?"

서로 다른 사람이 만나야 잘 산다는 말이 있는데 아내와 나
는 참 다르다. 나는 경제 개념이 전혀 없는 문과형 남자인데,
아내는 숫자 계산이 빠른 전형적인 이과형 여자이다. 몸 테크
라니 맞는 말이다. 매일 마당에 난 잡초를 뽑고 잔디를 민다.

여름에는 더운 날씨에, 겨울에는 추운 날씨에 고생하는 우리 가족. 서울에서 아파트에 편하게 살면 하지 않아도 되는 고생 인데 가족에게 미안했다.

"난 좋아. 서울에서 20평 전세도 못 살 돈으로, 50평 넓은 단독주택에 살고 있으니 얼마나 좋아?"

아내는 남은 서울 아파트 전세금을 은행에 넣으며 좋아했다. 제주도 집값이 많이 올랐다지만 서울의 집값만 할까? 다시 한 번 서울 부동산의 위엄을 느꼈다.

제주도 역시 물가가 싼 편은 아니지만 이곳에 생활을 하면 확실히 생활비가 적게 든다. 우선 사교육비가 별로 들지 않는다. 제주도는 도시에 비하면 학원의 종류나 수가 많지 않다. 도시의 아이들은 학교가 끝나면 부모가 퇴근할 때까지 이곳저곳 학원을 돌아야 하는데, 제주도에서는 그 역할을 학교가 하고 있다.

제주도의 시골 학교 '방과 후 학교'는 전교생 수가 적기에 신청자를 모두 수용할 수 있다. 도시의 학교가 '방과 후 학교' 프로그램에 참여하기 위해 추첨을 하고, 선착순으로 신청자를 받는 것과 비교하면 다른 세상이다. 교육비의 대부분을 교육청에서 부담하기에 학부모들의 경제적인 부담이 적다. 주변 이웃의 아이들이 학원에 다니지 않기에 불안하지 않다. 제주도 아이들은 모두 그렇게 노는 것이 일상이다. 우리나라 가정에서 가장 많은 부분을 차지하는 것이 아이들 사교육비라고 하는데, 그것이 절약되니 가계의 부담이 확 줄어든다.

제주도는 소비를 할 수 있는 환경이 아니다. 제주도에는 백화점이 없다. 제주도에 살며 이것이 얼마나 가계 경제에 큰 역할을 하는지 알게 되었다. 고가의 브랜드 옷을 사 입을 수 없기에 마트에서 저렴한 옷을 사고, 웬만한 것은 인터넷 쇼핑으로 해결한다. 제주도는 소비 도시가 아닌 관광지이기에 돈을 쓰는 사람은 도민이 아닌 관광객이다. 관광객들이 선호하는 장소와 음식점이 따로 있고, 현지인이 선호하는 장소와 음식점이 따로 있다. 나는 이 사실을 제주 도민이 되고 한참이 지나서야 알았다. 그리고 솔직히 현지인들이 가는 음식점이 진짜 맛집이다.

제주도에서는 대부분의 도민들이 단독주택에 산다. 단독주택에 살면 다달이 내지 않아도 되는 것이 있다. 바로 아파트 관리비이다. 한 달에 적게는 20만 원에서 많게는 50만 원까지 나오는 관리비는 가계에 커다란 부담이다. 주택에 살아보니 내야 할 것이 정말 간단했다. 내가 쓴 전기세, 물세, 난방비가 전부였다. 겨울철 제주도 난방비가 많이 든다지만 석 달 정도 많이 나오는 난방비를 모두 더해도 한 해 아파트 관리비보다는 훨씬 저렴했다.

이외에도 제주도에 살면 소소하게 얻는 것들이 많다. 제주도에 지천으로 널려 있는 무와 당근, 고사리, 귤, 보말(고둥), 톳. 이런 것들은 제주도에서는 돈을 주고 사 먹지 않는다. 작은 텃밭만 있으면 상추, 고추, 깻잎 등 신선한 야채를 언제든지 먹을 수 있다.

제주도에서는 내가 쓴 만큼만 내고, 누린 만큼만 지불하면 된다. 남과 비교할 필요가 없다. 내 방식대로, 내 속도대로 살면 된다. 도시만큼 편리하지는 않지만, 몸이 조금만 부지런하면 훨씬 경제적인 삶을 살 수 있다.

"우리 지금 몸 테크하고 있는 거야."

아내의 말처럼 우리는 지금 무엇보다 효율적인 재테크를 하고 있다.

제주도 초등학교 이야기 1

○
●

　초등학생을 자녀로 둔 부모라면 한 번 정도 '제주도에서 아이들을 자유롭게 키운다면 어떨까?'라는 상상을 해 본 적이 있을 것이다. 파란 하늘과 드넓은 잔디 운동장 그리고 바다까지 보이는 학교라면 정말 아이들이 행복할 것만 같다. 물론 나도 항상 이런 상상을 해 왔다.

　나는 초등학생 아들과 딸을 키우는 부모이자 제주도에서 학생을 가르치는 초등 교사다. 부모로서 교사로서 제주도 초등학교에 대하여 누구보다 잘 알고 있다. 또한 서울에서 오래 근무했기 때문에 도시와 제주도 초등학교의 장단점을 항상 비교하며 지낸다.

요즘 제주도로 이주해 오는 인구가 늘어나고 있다. 특히 초등학생을 둔 가족들이 이주를 많이 오는데 이는 코로나 19의 영향이기도 하다. 작년에 2학년 담임 교사를 했는데 3월 초에 19명이었던 학급 인원이 학년말이 되자 24명까지 늘어났다. 다른 학년 사정은 더했다. 기어이 올해는 학년에 따라 학급을 증설하는 경우까지 생겨났다. 학생 수가 줄어 학교를 폐교하는 다른 지역과 비교하면 놀라운 일이다. 지금도 제주도 초등학교로의 전·입학은 계속 늘고 있다.

서울에 있을 때 제주도 초등학교를 생각하면 가장 먼저 넓은 잔디 운동장이 떠올랐다. 여행자로 왔을 때 바라본 제주도의 모든 초등학교는 푸른 잔디가 깔려 있었다. 천연 잔디 운동장은 매우 넓다. 서울에서 내가 근무했던 학교는 1,500명 정도 중간 규모의 학교였는데 솔직히 아이들이 불쌍했다. 체육을 하고 싶어도 할 수가 없고, 체육관이 있었지만 정해진 체육 시간 외에 쓰기란 하늘의 별 따기였다. 초등학교에서는 체육 시간에 왜 피구를 많이 할까? 그 이유는 간단하다. 가장 좁은 공간에서 할 수 있는 구기 운동이기 때문이다.

제주도는 과장하지 않고 초등학교 운동장이 대학교 운동장만한 크기다. 거기에 거의 모든 학교에 커다란 체육관도 지어져 있다. 체육관을 한 학급이 통째로 차지한 채 체육 활동

을 하고, 운동장에서는 운동장 전체를 20여 명의 학생들이
마음껏 뛰어다니며 축구를 한다. 제주도의 아이들은 이것을
당연한 듯 생각한다. 하지만 내 눈에는 제주도 아이들만이 누
리는 특권으로 보인다. 지난주 3학년 아이들과 티볼 수업을
했다. 아무도 없는 운동장에서 아이들과 마음껏 치고 달리
고, 공을 던지며 땀을 흘렸다. 코로나 19로 체육 수업은커녕
학교도 제대로 등교하지 못하는 도시의 대형 학교들은 상상
할 수 없는 일들이 제주도에서는 일어나고 있다. 코로나 19에
관하여 제주도 학교만큼은 다른 세상 이야기이다. 제주도는
지금도 거의 모든 학생들이 전면 등교를 하고 있으며, 정상 수
업이 이루어진 지 오래되었다.

서울에서 정말 열심히 일했다. 연구 학교에서 부장 교사를
하며 쉼 없이 회의하고 연구했다. 대학원 석사를 마치고 박사
까지 진학했다. 주변에서 모두 그렇게 하니 이것이 당연한 일
이라고 생각했다. 점수를 쌓아 교사를 거쳐 부장 교사, 교감,
교장의 길을 걷는 것을 자연스러운 과정으로 여겼다.

지금 와서 반성해 보면 이러한 일들의 중심에 학생들이 없
었다. 남과 경쟁했고 그 경쟁에서 이기려고만 생각했다. 지금
은 남과 비교하지 않는다. 나의 교육의 중심에는 아이들이 있
다. 아이들이 즐거워하는 수업을 하고, 학부모들이 만족하는

학급 운영을 하고 싶다. 승진에 대한 욕심을 내려놓으니 아이들이 보인다. 내가 이런 생각을 가지니 학생들과 학부모들이 교사를 좋아한다. 심지어 경쟁 관계로 생각했던 동료 교사들도 나에게 호의적이다. 어떤 사람은 아직 젊은 나이에 부장 교사를 관두고 서울에서 내려온 내가 야망도 없고, 발전도 없다고 생각할 수 있다. 그러나 나는 교사로서 한 인간으로서 인격적인 발전을 했다고 자부한다.

"교사가 행복해야 학생이 행복하다."

교대를 다닐 때, 교사가 되어서 가장 많이 들었던 이 말이 요즘은 진실이라는 생각을 자주 한다. 교사인 내가 행복하니 내가 가르치는 아이들이 모두 예쁘다. 오늘은 내가 가르치는 아이들이 모두 돌아가고 운동장에서 축구 수업을 하는 고학년 아이들이 예뻐 보여 혼자 사진을 찍었다. 내가 담임도 아니고, 가르치지도 않는 아이들에게 애정을 가지는 일을 예전에는 상상조차 해 본 적이 없다. 나도 참 많이 변했다.

제주도 이주는 내 인생의 전환점이다. 또한 교사로서의 내 모습을 성찰해 보고 반성할 기회와 시간을 주었다. 지금 나는 교사로서 행복하다. 이제야 비로소 교사가 되어 가나 보다.

제주도 초등학교 이야기 2

○
●

나는 지금 교과 전담 교사로 근무하고 있다. 학교에서 근무한 지 꽤 되었는데 교과 전담 교사는 올해가 처음이다. 내가 맡은 과목은 1, 2학년 안전한 생활과 3학년 체육이다. 교과 전담 교사를 하면 여러 학년을 가르칠 수 있어 좋다. 다른 선생님들의 학급을 살펴볼 수 있고 학급 경영을 엿볼 수 있어 배울 것이 많다. 다양한 교실에 가 보면 '와! 이렇게 할 수도 있구나. 나도 나중에 해 봐야지.'라고 생각할 때가 종종 있다. 담임 교사로만 근무하면 내 방식을 고집하기 쉽고, 시야가 좁아지기 마련인데 전담 교사를 맡게 되어 다행이다.

오늘은 1학년 수업이 있는 날이었다. 잘 알려진 사실이지만, 1학년 담임 교사는 아무나 하지 못한다. 교직 경력이 최하 15년 이상 되는 베테랑 교사들이 담임하는 경우가 많다. 유치원에서 올라온 지 얼마 안 되는 아이들에게 연필 잡는 방법부터 줄 서기, 급식 먹기 등의 기본 생활 습관과 학습 습관을 가르치는 것은 쉬운 일이 아니다. 다른 학년에 비해 기다림과 인내가 필요하기에 연륜이 있는 선생님들이 담당한다. 초등학교 저학년 교실에 수업을 다녀오면 배우는 것이 많다. 나도 40대의 경력 교사이기는 하지만 원로 교사의 여유와 노하우를 따라가기는 아직 멀었다. 그것은 배우는 것이 아니라 시간이 지나면서 자연스럽게 습득되는 것이다.

수업을 마치고 나오는데 복도 창가에 놓인 아이들의 화분에 나팔꽃이 활짝 피어있었다. 아이들 한 명 한 명의 이름이 쓰인 화분에서 자란 나팔꽃이 창가에서 천장까지 줄을 따라 계속 자라나고 있었다. 예쁘게 핀 꽃이 환하게 웃는 아이들의 얼굴처럼 느껴졌다. 꽃에서 웃음소리가 들릴 것만 같았다. 연신 휴대폰을 들이대고 사진을 찍었다.

"여기 오이도 열렸어요."

1학년 선생님 중에서 연배가 가장 높은 선생님께서 내 모습을 보시고는 말씀하셨다. 선생님의 손끝을 따라가니 정말 아이들의 팔뚝만 한 오이가 달려있었다.

"이걸 1학년 선생님들께서 다 꾸미셨어요?"

창틀부터 천장까지 줄을 엮어 고정하고 줄기가 지나가도록 길을 내신 선생님들의 노고가 그대로 느껴졌다. 아이들에 대한 따뜻한 마음이 없다면 절대 하지 못할 일이다. 모종을 심고 자신의 이름이 쓰인 화분에서 천장까지 줄기가 뻗어가는 모습을 보며 아이들은 무엇을 느끼고 있을까? 어쩌면 교과서에 나오는 지식과는 비교할 수 없는 값진 지혜를 배우고 있지는 않을까? 아이들에 대한 교사의 사랑이 분명 아이들에게도 전달되었을 것이다.

지금은 코로나 19 때문에 학교의 현장 학습이 멈추긴 했지만, 2년 전만 해도 현장 학습으로 수국이 가득 핀 종달리마을을 가고 오름에 오르고 김녕바다로 물놀이를 가는 아이들을 보며 '정말 제주스럽구나.'라고 생각했다.

서울에서 근무할 때는 현장 학습으로 키자니아, 과학관, 박물관만 찾아다녔다. 현장 학습 코스를 짜는 것 때문에 얼마나 머리가 아팠는지 모른다. 그런데 이곳에서는 제주도 전체가 자연 친화적인 현장 학습 장소다. 제주도 아이들은 이렇게 자연과 가깝게 지낸다. 이토록 멋진 제주도에서 자연을 배우고 있는 우리 아이들, 분명 바른 인성을 품고 자라날 것이라고 믿는다.

복도 창가에서 건강하게 자라고 있는 나팔꽃과 오이가 제주도의 푸른 자연과 어울린다고 생각했다. 아이들이 심어 놓은 화분을 바라보는 선배 교사의 모습이 제주도와 잘 어울린다고 생각했다. 나도 저렇게 멋진 교사로 나이 들고 싶다. 제주도에서 아이들을 가르칠 수 있어 다행이다.

2

소소해서
특별한

제주 일상

충청도 남자와 서울 여자의 제주살이

○
●

나는 아내만 보면 미안하다. 서울에서 제주도로 내려오기 전까지 아내는 도시를 떠난다는 생각이 전혀 없었다. 아내는 서울에서 태어나 서울에서 대학을 나오고 첫 교직 발령을 서울로 받은 완벽한 서울 사람이다. 지난 이야기이지만, 아내는 처음 나를 만날 때 내가 대전 사람이라고 은근히 무시도 했다. 느리다는 둥, 말을 돌려 한다는 둥, 심지어 충청도는 에스컬레이터도 느리다는 둥.

아내는 서울에 백화점 다니는 것을 좋아했고, 모르는 브랜드가 하나도 없었다. 강남, 신촌, 이대, 홍대 거리를 다니며 행복해 했던 사람. 그런 사람에게 제주도에 내려가서 마당 있는 곳에서 잡초나 뽑으며 살자고 했으니 얼마나 기가 막혔을까?

아내가 올해 3월 1일 자로 교류 발령이 났다. 이제는 파견 교사가 아닌 완벽한 제주도 교사다. 나는 어쩌다 운이 좋아 서울 교사가 되었지만, 아내는 서울에서 교사하려고 얼마나 공부했는지 익히 들어서 잘 안다. 이러니 내가 얼마나 미안하겠는가? 그놈의 제주도가 뭐라고 제주 병에 걸려서 일이 이 지경이 되었으니 말이다. 요즘은 아내가 하자고 하면 무조건 따른다. 절대로 토를 달지 않는다.

아내 얼굴이 조금이라도 어두워 보이면 "왜 그래? 무슨 일 있어? 괜찮아?"라며 눈치 보기 바쁘다. 그래서인지 요즘 아내는 행복하다고 말한다. 나와의 결혼 생활 중에 지금이 가장 좋다고 한다. 그런 말을 할 때면 조금이나마 미안함에서 벗어날 수 있다.

"제주도 오더니 사람 많이 변했어. 서울에서는 얼마나 날카로운지 무슨 말 하면 싸우려고 들었다니까?"

"미안해서 그러지."

내가 멋쩍어 하며 말하면 아내에게 돌아오는 말은 이렇다.

"그래, 앞으로도 미안해 하며 살아."

아내는 서울 사람이 맞다. 절대 말을 돌려 하지 않는다.

가끔 제주도에 놀러 오는 지인들이 "너 많이 변했다. 뒷방

늙은이가 다 됐네."라고 놀릴 때마다 스멀스멀 옛날의 성격이 올라오기도 한다. 그래도 이것 한 가지만은 확실하다. 제주도에서 살 것이라고 상상도 하지 않던 아내가 남편을 위해 이렇게 제주도에 발령을 받고 살게 되었으니 결혼은 참 잘했다. 고마운 것은 고마운 것이고 언제까지 아내 눈치를 보고 살아야 할지. 나보다 아내가 제주도를 더 좋아하는 날이 온다면 미안한 마음이 사라지려나? 하지만 그것도 어려운 일이다. 나보다 제주도를 더 사랑할 수는 없다.

얼마 전 나만큼 행복한 제주 라이프를 누리는 지인이 내 이런 고민을 한 번에 덜어 주는 말을 했다.

"미안하긴요. 형님 덕에 형수님이 제주도 사시는 건데요."

그 말이 맞다. 모두 내 덕이다. 우리는 그래서 제주도에 살고 있다.

아시나요? 백수는 과로사한다는 사실

○
●

"좀 부지런해야 하는데, 너무 게을러."

주말에 집에 있을 때 조용히 혼잣말을 하자 아내가 의아하다는 듯이 나를 바라보았다.

"지금 자기 이야기한 거야? 게으른 사람 다 얼어 죽었네. 난 자기가 집에 가만히 앉아 있는 것을 본 적이 없어. 퇴근하면 잔디 깎고, 뭐 고치고, 책 보고, 글 쓰고. 공구 통 들고 왔다 갔다 하고, 할 일 뭐 없나 찾아다니는 사람 같아."

사실 아내가 그런 말을 할 때도 나는 동의하지 않았다.

어제부터 학교가 이틀 휴업을 했다. 어린이날에 이어 학교장 재량 휴업 일을 이틀 배정한 이유였다. 출근을 안 한 것도 좋은 일이지만, 더 좋은 것은 아내와 아이들 학교는 휴업하지 않았다는 것이다. 처음으로 대낮부터 집에 혼자 있게 되었다.

"이틀 동안은 정말 아무것도 안 하고 놀 거야. 말리지 마."

나는 아내에게 선전포고하듯이 큰소리를 쳤다. 정말 내뱉은 말처럼 게으름을 피울 줄 알았다.

재량 휴업 첫날, 누가 시키지도 않는데 마당에 잔디를 밀었다. 오전이 갔다. 타운 하우스 전체 수압이 약해졌다고 주민들을 대표해 읍사무소 상수도 과장을 만나고 왔다. 텐트를 꺼내 햇빛에 널었다. 창고를 정리했다. 오후가 갔다. 이내 아이들이 왔고 아내가 퇴근했다.

재량 휴업 둘째 날, 당근마켓에 불필요한 물건을 올리고 팔았다. 아들의 킥보드를 구매하러 15km를 운전해 다녀왔다. 저녁에 손님이 온다고 해서 마트에 장을 보러 갔다. 바비큐 그릴을 청소했다. 글을 쓰고 싶어 컴퓨터 앞에 앉았다. 이내 아이들이 왔고 아내가 퇴근했다.

그렇게 이틀이라는 휴일이 정신없이 지나갔다.

"분명히 쉰다고 소리쳤는데, 왜 이리 바쁘지?"

내 말에 아내가 말했다.

"그 말 몰라? 백수가 과로사한다는 말!"

돌이켜 생각해 보면 서울에서 살 때 나는 아무것도 안 하고 있으면 불안했다. 학교를 퇴근하면 영어 회화 학원을 갔고 대학원 석사를 했으며, 박사 과정에 입학했다. 그리고 신춘문예에 낸다고 동화를 쓰고 또 썼다. 퇴근하고 글을 쓰다가 밤을 새우다시피 하고 출근을 했다. 누구도 나에게 그렇게 하라고 시키지 않았다. 주말에는 특별히 할 일 없이 집에 있으면 '글을 써야 하는데, 영어 공부해야 하는데.'라며 불안해 했다. 뭐라도 하지 않으면 뒤처지는 것만 같았다.

"여보는 불안증이 있는 사람 같아. 그냥 좀 가만히 쉬면 안돼? 그냥 집에 있어도 좋잖아."

아내는 나만 보면 이렇게 말했다. 사실 제주도에 내려와서는 이런 증상이 좀 나아진 줄 알았다. 하지만 공구 통을 들고 남의 집 문이나 수리하고 아이들의 고장 난 자전거를 고쳐 주러 다니고 있는 것을 보면 나의 불안 증세는 여전하다.

그래도 하고 싶은 일을 하느라고 바쁘니 괜찮다. 제주도에 내려와 '게으름'도 간간히 부리며 살고 있으니 사는 것이 재미있다.

"너는 나같이 아등바등 살지 마라. 적당히 즐기며 살아."

어디선가 건강한 게으름뱅이가 되라는 아버지의 마지막 말씀이 들리는 것 같다.

제주도에서 직장인으로 살아남기

○
●

블로그와 브런치에 글을 올리고 시간이 꽤 지났다. 처음에는 '제주살이'를 주제로 일기를 쓰듯이 내 이야기를 편하게 하고 싶은 마음으로 시작한 일이었는데, 지금 내 블로그와 브런치는 제주살이를 상담하는 소통 창구로 쓰이고 있다. 특히 제주도 교사 생활이 서울과 어떤 차이가 있는지 현직 선생님들이 종종 질문을 한다.

제주도에서 초등학교 교사로 산다는 것에 대해서 설명하자면, 일단 전제로 해야 할 것이 제주도는 98% 이상이 제주도, 제주 교대 출신이라는 점이다. 2% 정도 제주와 아무런 상관이 없는 나와 같은 교사를 제외하고는 모두 초등학교 아니면

중학교, 중학교 아니면 고등학교 동창이다. 심지어 대학교는 모두 동창이다. 또한 같은 종씨이거나 같은 지역(성산, 화북, 대정, 남원, 조천 등등) 출신이다. 바로 알지 못해도 한 다리만 건너면 100% 서로 안다. 이건 정말로 신기할 정도다.

그래서 제주도는 진짜 좁다. 이런 면에서 고향도, 학교도 제주도가 아니고, 친척이 한 명 없는 나와 같은 사람이 제주도 초등 교사로 근무하는 것은 그들에게도 참 불편한 일이다.

교무실에서 있었던 일이 생각난다. 교무실에 일이 있어 잠시 내려갔었는데, 교장 선생님이 교사들과 이야기 중이셨다. 6명 정도의 교사가 있었는데 교장 선생님은 "야, 너~ 그러면 안 되멘~, 갸는 왜 그랜? 내가 어제 마씀~" 같은 제주어를 쓰며 이야기 중이셨다. 모두가 제주도 출신, 제주 교대 출신이니 반말이 더 자연스럽기는 했다. 문제는 다음이었다. 교무실에 내가 들어서자 한순간 대화가 끊겼고, 교장 선생님은 내게 정중하게 허리를 숙여 인사하시고는 말씀하셨다.

"오셨어요? 선생님."

제주 사람들은 이중 언어를 자유자재로 구사한다. 표준어와 제주어. 참 부러운 일이다. 그날 교무실의 분위기를 보며 내가 그들에게 얼마나 불편한 사람인지 알 수 있었다. 교장 선생님조차 표준어로 인사를 해야 하는 평교사이니 말이다.

이러한 일들은 종종 일어난다. 학년 회의를 할 때도 그들은 제주어를 쓰지만, 나에게는 표준어를 쓴다. 나만 모르는 주제로 대화를 할 때도 있다.

처음에는 소외감을 느끼기도 했다. 하지만 이제는 인정한다. 나는 결국 그들과 같을 수 없다. 또한 나도 그 불편함을 즐기기로 했다. 나를 불편해 한다는 것은 내가 조심스럽다는 것이고, 날 함부로 대할 수 없다는 것을 의미하기에 나쁘지 않다고 생각했다. 나도 그들을 예의 있게 대하면 되는 일이다. 이런 생각을 하니 직장에서 사람으로 인해 스트레스를 받거나 힘든 일이 사라졌다.

직장에서 서로 조심하고 예의를 갖추어야 한다는 것은 결코 나쁜 일이 아니다. 나는 이 콘셉트로 직장 생활을 하기로 마음먹었다. 사적인 이야기는 되도록 하지 않고, 공적인 이야기만 하며 지나치게 친하게 지내지 않기. 깔끔한 매너를 가진 직장 동료로 기억되기.

직장은 직장, 학교는 학교, 동료는 동료일 뿐이다. 그 이상도, 그 이하도 아니다. 서울에서 내가 힘들었던 이유는 주말에도, 주중에도 매일 밤 9시까지 퇴근하지 않고 내 육신을 학교에 갈아 넣었던 이유였다.

코로나 19에만 '사회적 거리 두기'가 필요한 것이 아니다. 우리의 직장 생활에서도 '사회적 거리 두기'는 필요하다. 적당히 거리를 둔다면, 우리가 사람으로 스트레스를 받는 일은 분명히 줄어들 것이다. 제주도에서의 직장 생활은 제주살이만큼 만족스럽다. 제주도에서 직장인으로 살아남기 위해 앞으로도 불편한 사람으로 지낼 예정이다.

어떻게 사랑이 변하니?

○
●

"오늘은 나도 못 참아. 무조건 나가!"

일요일 오후가 되자 가족 모두에게 선전 포고하듯이 외쳤다. 월요일이 다가오고 있다. 환경에 적응한다는 것, 어떻게 보면 슬픈 일이다. 익숙해진다는 것은 특별함이 사라지는 것이기에 더는 설레지 않음을 의미한다. 몇 시간만 떨어져도 미칠 듯 보고 싶은 사랑하는 연인도 시간이 지나면 그 감정이 무뎌지는 것처럼. 서글픈 일이지만 어쩌겠는가? 사람 사는 것이 다 그런 것을.

요즘 우리 가족의 제주살이를 보면 익숙해진 연인이 떠오른다. 주말에도 집 밖으로 나가려 하지 않는다. 제주에 처음 내려왔을 때는 휴일에 집에 있으면 큰 손해를 보는 것처럼 제주도 여기저기를 훑고 다녔다. 하지만 언젠가부터 주말이면 아이들부터 아내까지 집에만 있으려 한다. 집이 편하면 이것이 문제이다.

"뭐하러 캠핑을 가. 마당에 텐트를 치면 되잖아. 난 집에만 있어도 좋더라. 얼마나 평화로워!"

아내는 주말에 나가자고 하면 이렇게 말한다.

"아빠는 맨날 바다만 가자고 하고. 오름은 힘들단 말이야. 타운 하우스 애들이랑 노는 것이 더 좋아."

아이들은 이렇게 말한다. 나가려고 하는 사람은 나뿐이다.

'어떻게 어떻게 사랑이 변하니?'

적어도 나에게 제주도에 대한 마음만큼은 아직 그대로이다. 결국 가족들을 납치하듯 차에 태우고 용담해안도로에 있는 놀이터로 향했다. 내가 이곳을 택한 이유는 간단하다. 아이들이 마음껏 놀 수 있고 어른들도 여유롭게 제주도 풍경을 바라볼 수 있기 때문이다. 무엇보다 대한민국에서 이 정도 전망을 볼 수 있는 놀이터는 어느 곳에도 없다. 이곳에서는 제주도의 바다와 들판 그리고 하늘이 모두 아이들 것이다. 비싼 돈 주고 박물관이나 관광지를 갈 필요가 없다. 이주 4년 차 제주 도민의 팁이다.

아이들을 놀이터에 풀어놓고 편의점에 들러 맥주를 한 캔을 들이켰다. 멍하니 벤치에 앉아 용담바다를 바라보니 주말이 지나가는 아쉬움과 월요일이 오는 부담감이 씻겨 내려가는 것만 같다. 한참을 놀던 아이들 입에서 "제발 좀 집에 가자."라는 말이 나올 때가 되어서야 자리에서 일어났다. 맥주를 한잔했다는 핑계로 아내에게 운전을 맡기고 집에 오는 내내 용담이호해안도로의 풍경을 차창 밖으로 감상한다.

주말이 지나가고 있다. 그리고 월요일이 걱정된다. 서울에서도 월요병이 있었지만, 제주도에 오니 월요병 증세가 심해졌다. 호캉스를 가고, 캠핑을 하러 가고, 바다를 가고, 맛집을 가는 제주도 주말 여가의 높은 퀄리티가 월요병을 악화시켰다. 결국 집에 돌아와 마당에 쉘터를 쳤다.

"여보 내일 월요일이야. 출근 안 해? 잘 것도 아니면서 그걸 왜 쳐?"

어이없어하는 아내의 목소리가 들렸지만 어쩔 수 없다. 제주도에 살면 이 병은 낫기 힘들 것이다. 최대한 주말을 즐기는 것이 월요병 증세 악화를 지연시키는 길이다. 지금도 쉘터 안에 랜턴을 켜고 혼자 만족하며 미소 짓고 있다. 큰일이다. 증세가 심해지고 있다.

혹시, 제주 부심을 아세요?

○
●

제주도에 살며 제주 토박이분들과 대화를 할 때 종종 제주 부심을 느끼는 일이 많다. 충청도가 고향인 내가 서울에 살 때 서울 부심을 가진 사람들을 가끔 만나기는 했지만, 제주 부심에 비하면 아무것도 아니다. 자신의 고향을 자랑스러워 하고 좋아하는 것은 좋은 일이다. 고향이 대전인 나도 고향에 대한 애정과 자부심이 있는 것처럼 말이다. 하지만 역시 제주 부심에 비할 바는 아니다.

일단 제주 부심을 가진 분들의 가장 큰 공통점은 서울 외에 육지 어느 곳도 제주도보다 나은 곳은 없다고 생각하는 것이다. 서울은 누가 뭐래도 수도이자 세계적인 도시이기에 논

란의 여지가 없다. 그러나 서울 외의 광역시나 시도는 그들에게 관심 없는 곳이다. 교사들은 '타 시도 교류 전출' 제도가 있는데 타 시도에 사는 교사끼리 1:1로 근무지를 바꾸는 제도이다. 제주살이가 유행처럼 번지다 보니 다른 지역에서 제주도에 오고자 하는 교사들이 꽤 있다.

그러나 서울을 제외하고는 교류가 잘 안 된다. 이유는 제주도 교사 중 서울을 제외하고는 타 시도로 전출을 희망하는 교사가 별로 없기 때문이다. 객관적으로 부산, 인천, 대구, 광주, 대전, 울산이 인구가 더 많고 편리한 대도시인 것 같은데 제주 도민에게 돌아오는 대답은 한결같다.

"거기 뭐 하러 가요? 대전에 살 거면 제주시에 살지."

인구 150만인 광역시가 인구 67만인 제주 토박이들에 아무렇지 않게 차인다. 제주 토박이에게 서울특별시와 제주특별자치도는 '특별'이라는 말이 붙은 동급의 시도인 것이다.

내가 서울에서 이주했다고 하면 제주분들은 "큰 결심 하셨네요?"라는 반응을 보이지만 고향이 대전이라고 하면 그럴 수 있다는 듯이 "대전? 이야기는 들어 봤어요. 한 번도 안 가 봤어요."라거나 "대전? 제주도 살기 좋죠?"라고 말한다. 그래서 요즘 고향 이야기는 잘 하지 않는다.

제주 부심을 가진 분들에게 제주도의 단점을 쉽게 말해서는 안 된다. 잘못하면 "그럼 뭐하러 여기 살아요? 육지에 살지."라거나 "아니, 그런 것도 모르고 내려왔어요?"라는 말을 들을 수 있다.

제주 도민 4년 차, 이제 나도 모르게 제주 방언이 튀어나오고 서울이나 대전에 있는 것보다 제주도에 있는 것이 더 편하게 되었다. 친지들을 뵈러 고향에 가면 제주도에 다시 가고 싶어 안절부절못한다. 하지만 제주 토박이들이 보기에 나는 여전히 외지인일 뿐이다.

가끔 대화할 때 내게 "선생님이 제주도를 잘 모르셔서 그런데 제주도는 원래 그래요."라는 말을 자주 하는 것만 봐도 알 수 있다. 섭섭하거나 소외감을 느끼는 것은 아니다. 어차피 내가 제주도에서 나고 자란 분들과 똑같을 수는 없으니까. 나역시 제주도에 대한 자부심이 대단하기에 그들의 제주 부심을 이해하지 못하는 것도 아니니까. 그렇지만 제주 토박이에게 이 말만은 자신 있게 할 수 있다.

"제주도 사랑하시지요? 그런데요, 토박이분들보다 제가 더제주도를 사랑하는 것 같아요. 저보다 더 제주도를 사랑할수는 없거든요."

실제 제주도 토박이에게 이런 말을 하면 은근히 좋아한다. 이것도 역시 제주 부심이다.

텃세와 편견 그리고 괸당 문화

○
●

흔히 제주도 토박이들은 텃세가 심하다고 알려져 있다. 제주도 이주 4년 차가 바라보았을 때 이 말은 진실이기도 하고 편견이기도 하다. 일단 전제로 해야 할 것이 제주는 섬이라는 것이다. 지금은 교통이 발달하여 많은 사람이 왕래하지만, 옛날에는 제주도에서 나고 자란 토박이 외에는 외지인들을 보기 힘들었을 것이다. 이런 이유 때문인지 제주 도민들의 지역 색채는 매우 강하다. 제주 사람들끼리 많이 하는 이야기로 '괸당'이라는 말이 있는데 그들끼리의 결속력은 우리가 생각하는 것 이상이다.

제주도에 있으면서 두 번의 선거를 경험하였다. '전국 지방

자치 단체 선거'와 '국회 의원 선거'에 참여하였는데, 나는 두 선거를 보며 신기한 것을 발견하였다. 후보자 선거 벽보에 초등학교부터 대학교까지 학력이 모두 기재되어 있다는 것이었다. 대부분의 다른 지역 선거 벽보에는 고등학교나 대학교, 대학원 정도 기재가 되어 있는데 제주도는 그렇지 않았다. 또한 후보자의 학력이 초등학교부터 대학교까지 제주도 소재의 학교인 경우가 대부분이었다.

또한 약속이라도 한 듯이 제주도가 고향이었다. 이주민인 내가 보기에는 제주도에서 태어나지 않으면 선거에 출마조차 못 하는 것으로 보였다. 출신 초등학교를 선거 벽보에 기재하는 경우는 거의 본 적이 없었는데 제주도 선거에서는 매우 중요했다. 제주도에서 태어나서 외지에 살다가 다시 제주도로 온 경우는 별로 인정해 주지 않는다. 제주도에서 태어나서 무조건 이곳에서 살아야 제주 토박이로 인정을 해 준다. 마치 신라 시대 진골과 성골을 보는 것 같다. 나처럼 외지인으로서 제주도교육청의 녹을 먹는 사람이라면 6두품 정도? 절대로 진골 성골이 될 수 없다.

"여기 제주도에서는 서울대학교보다 제주대학교를 더 알아 줘요."

당연하다는 듯이 말하는 제주 도민들을 보며 신기함을 느졌다. 이만큼 제주도의 지역성은 뚜렷하다. 우리 가족이 처음 제주도에 정착한 곳은 성산읍이었다. 성산은 관광지로는 유명한 곳이 많지만, 무와 당근 농사를 많이 짓고 인구가 많지 않은 시골이다. 대부분 지역이 그렇지만 도시보다 시골이 지역성이 강하고 텃세가 있는 편이다.

우리 가족은 성산에 정착하고 그들 속으로 들어가고자 노력했다. 하지만 쉽지가 않았다. 우리를 대하는 그들의 눈빛 속에는 '뭐 어차피 1~2년 있다가 올라갈 건데.'라는 생각이 자리 잡고 있었다. 워낙 많은 이주민이 드나들기에 그들의 마음을 모르는 것은 아니었지만 처음부터 정착을 생각하고 내려온 우리에게는 야속한 일이었다. '이것이 시골 텃세이구나.'라고 생각할 때, 큰아이의 동료 학부모가 무심코 했던 말이 가슴 속에 박혔다.

"여기 아이들도 상처를 많이 받아요. 이주한 아이랑 친한 친구가 되었다 싶으면 다시 육지로 올라가는 일이 많으니까, 힘들어 하더라고요."

그 말을 들으며 그들에 대한 서운함이 사라졌다. 그러면서 그들을 이해하게 되었다. 깊게 마음을 주었다가 상처받는 일들이 어른이나 아이들에게 많이 있다 보니 처음부터 마음을 잘 주지 않는 것이다.

"저희는 서울 다시 안 가요. 처음부터 아예 정착하려고 내려온 것인데요."

이렇게 말했지만, 그들과 친해지는 것은 끝내 실패했다. 성산을 떠나 이사를 온 애월에서 우리 가족은 편하게 지낸다. 애월은 육지에서 이주한 사람들이 선호하는 지역이기에 토박이만큼 이주민이 많다. 이곳에서는 제주 토박이와 이주민들이 거의 분리되어 지낸다. 성산에 살 때는 읍장이 누구인지, 이장이 누구인지 잘 알고, 마을 행사에도 몇 번 참여한 적이 있었는데 지금 여기에서는 누가 애월 읍장인지, 내가 사는 동네의 이장이 누구인지 본 적이 없다. 타운 하우스가 많은 애월에서는 타운 하우스에 사는 이주민과 마을에 사는 토박이들이 서로 다른 문화를 형성하며 살고 있다. 이러한 면이 편하기도 하지만 가끔은 씁쓸하다. 서로의 차이를 이해하고 잘 어울릴 수 있으면 좋겠지만 말이다. 예전 성산에 살 때는 리 사무소에서 열린 돌잔치에 초대받고, 읍 체육 대회에도 참가했다. 지금은 마을 잔치에서 술을 한잔하던 때가 그리울 때가 있다. 불편하기도 하지만 확실히 인간미가 있었다.

나는 지금 제주도에서 태어나 제주대학교를 나와 제주도 교사가 된 인원이 90%가 넘는 초등학교에서 일하고 있다. 타운하우스 주민 외에 만나는 대부분의 사람도 제주 토박이들이다. 내가 제주 토박이들을 만나며 느낀 것은 말투는 퉁명스럽고 딱딱하지만, 마음은 그렇지 않다는 것이다. 토박이들은 처음에는 경계하지만, 한 번 마음을 주면 한없이 준다. 그것이 제주도 사람들의 특징이다.

40년 동안 육지에서 산 내가 제주도가 고향인 토박이와 똑같을 수는 없다. 그들과 똑같아지려 한다면 분명히 상처받고 힘들어질 것이다. 제주도에서 현명하게 어울리며 사는 방법은 서로를 이해하는 것이다. 다름을 인정하는 것, 그것이 오해와 편견을 가지지 않는 방법이다.

처음 제주도에 정착하여 힘들어 하던 때, 아침에 일어나서 보니 누군가 현관 문고리에 옥수수를 걸어놓은 적이 있었다. 방금 캔 감자도 한 바구니 문 앞에 두고 가는 것을 보며 시골 인심을 느꼈다.

어디든 사람 사는 곳은 똑같다. 내가 어떻게 다가가느냐가 중요하다. 오해가 편견이 되어서는 안 된다. 이주민들에게는 텃세로 보이는 괸당 문화가 토박이들에게는 자연스러운 삶의 방식일 수 있다.

성산 집 현관 문고리에 걸려 있던 옥수수, 내가 지금껏 맛보았던 옥수수 중 가장 맛이 좋았다.

제주도에 살며 제주도를 그리워하다

나처럼 제주도에 아무런 연고가 없는 이주민들은 수시로 육지에 가야 한다. 섬에 살면 불편한 점이 많은데, 이것도 큰 부분을 차지한다. 마음은 아닌데 제주도에 살면 양가에 무심한 사람이 되고는 한다. 부모님 생신과 장인 장모님 생신에 내가 할 수 있는 일은 선물이나 용돈을 보내드리는 것뿐이다. 가족 행사에는 참여할 수 없기에 형제와 친척들에게는 무심한 사람이 된 지 오래다.

"죄송해요. 못 가 봐서요."

이 말은 너무 자주 해서 할 때마다 민망하다. 아무리 멀리 살아도 설날, 추석과 같은 명절마저 모른 척할 수는 없다. 우리 가족은 명절이면 강행군을 시작한다. 제주공항에서 김포공항, 서울역에서 대전역, 대전역에서 유성터미널, 청주공항, 다시 제주공항. 그 안에 성묘하러 가는 것까지 합하면 3박 4일의 시간 동안 전국을 훑고 다닌다. 명절이 끝나면 아내와 아이들까지 녹초가 된다.

이제는 고향을 가도 낯설다. 제주도에 복귀하면 그제야 고향에 온 것처럼 편안하다. 육지에서 부모님과 친척을 만나고 내가 태어난 대전의 익숙한 풍경들을 보는 것은 반가운 일이지만 제주도로 이주한 후 신기한 일이 생겼다. 그것은 육지에 올라가 있으면 제주도가 그립다는 것이다. 1년 중 시간 대부분을 제주도에서 보내는데, 그 짧은 며칠 동안에도 제주도가 그리워 빨리 내려가고 싶다. 나만 그런 줄 알았는데 아내와 아이들 모두 그렇다는 것을 보면 우리 가족이 제주도를 얼마나 좋아하는지 알 수 있다.

제주도에 살아도 집에만 있으면 이곳이 제주도인지 잘 느끼지 못한다. 제주 도민에게 제주도는 직장이 있고, 집이 있는 삶의 터전이기 때문이다. 제주도를 느끼려면 무조건 집을 나서야 한다. 그래서 휴일이면 아내와 아이들에게 어디든 가자고 한다. 아들과 딸이 타운 하우스 아이들과 노는 것을 좋아해 요즘 잘 따라나서려 하지 않아 애를 먹긴 하지만, 해안도로로 드라이브라도 하면 똑같이 하는 말이 있다.

"나오니까 좋긴 좋네, 역시 나와야 해!"

제주도에 3년 넘게 살아보니 제주도를 느끼기 위해서는 집 밖을 나와야 한다. 차를 타고 바다를 옆에 끼고 달려야 이곳이 제주도인 것을 느낀다. 한라산이 앞에 있고 멋진 하늘을 볼 수 있고, 바닷냄새를 맡아야 제주도에 사는 행복 지수가 올라간다. 봄과 가을이면 캠핑 장비를 한가득 차에 싣고 캠핑장 이곳저곳을 다녀야 하고, 여름이면 그늘막과 캠핑 체어를 가지고 해수욕장을 가야 한다. 여름 바다를 바라보며 맥주 한잔을 해야 한다. 겨울이면 돌담 너머 주황빛으로 물든 제주도의 풍경을 보아야 한다. 귤밭에 들어가 직접 딴 귤을 먹어야 '아! 내가 제주도 사는구나.'라고 느낀다.

내가 제주도에 사는 이유는 가슴 한가득 이곳을 느끼며 살고 싶기 때문이다. 집안에 앉아 밖을 내다보니 제주도가 그립다. 제주도에 살고 있지만 나는 항상 제주도가 그립다.

프로 손절러가 된 이유

○
●

제주도로 이주한 사람들이 제주살이의 어려움을 이야기할 때 이구동성으로 말하는 것이 '손님치레'다. 친한 사람이 제주도로 여행을 와서 연락하는 것은 이해하지만, '이 사람이 나랑 친했었나?'라는 생각이 드는 사람이 갑자기 찾아와서 연락할 때면 참 혼란스럽다. 이런 사람의 특징은 제주도에 예고 없이 와서 처음 보는 일행과 함께 다짜고짜 집으로 찾아오려고 한다. 그러면 아내와 나는 급하게 손님 맞을 준비를 한다. 마트에 가서 제주 흑돼지(제주도에 오는 육지 손님들은 검은 털을 꼭 확인한다.)를 사야 하고, 술을 준비하고, 회까지 떠온다. 그 사람들은 도착해서 그렇게 친하지도 않은데 나와의 친분을 일행에게 과시한다. 그리고는 제주도 맛집은 어디인지, 여행 동선은 어떻게 해야 하는지, 가 볼 만한 곳은 어디인지, 호텔은 어디가 좋은지 등을 물어본다.

우리 부부는 육지에서 제주도까지 온 손님을 차마 매몰차게 대하지 못하고 성심성의껏 응대한다. 그러나 막상 집으로 돌아갈 때는 전화 한 통도 없고, 그 후로도 연락이 없다. 별로 친하지 않은 사람들이 제주도에 내려와 우리 가족을 피곤하게 하고 돌아가면 그때마다 다시 한번 느낀다.

"아직도 손절해야 할 사람들이 남아 있구나!"

서울에서 10년 후배 교사가 내려왔다. 이 친구는 내가 서울에서 체육 부장으로 있을 때 함께 일하던 까마득한 후배다. 그 엄혹했던 시기, 나는 이 친구 덕분에 큰 위안을 얻었다. 내가 야근을 할 때면 할 일이 있지 않아도 함께 기다려 주고, 휴일에 학교에서 일하고 있으면 찾아와 간식을 놓고 갔다. 퇴근 후 함께 마셨던 맥주가 얼마인지 헤아릴 수 없다. 내가 서울을 떠나야겠다고 마음먹은 순간에도 이 친구와 이른 퇴근을 하고 비 오는 창밖을 보며 맥주를 마시고 있었다. 나는 이 친구를 '쫄보 김 선생'이라고 부른다. 이 친구는 뼛속 깊은 곳까지 공무원의 피가 흐르는 사람이기 때문이다.

"형님, '속담에 돌다리도 두드리며 가라.'라는 말이 있잖아요. 저는 그 말이 이해가 안 돼요. 두드리지 말고 돌아가면 되잖아요. 그게 더 안전해요."

이런 말을 아무렇지 않게 하거나 융통성 있는 업무 처리 방법을 알려 주면 "공무원이 이래도 되는 거 맞아요? 정도를 가야지."라며 10년 선배 교사를 타이르기도 한다. 나도 뼛속 교사라고 생각했는데, 이 친구를 보면 내가 날라리 선생처럼 느껴진다.

내가 제주도에 내려오자 이 친구는 매년 정기적으로 나를 보러 왔다. 연휴가 낀 주말이면 여지없이 내려왔는데, 제주도를 여행하고자 하는 목적이 아닌 그냥 내가 보고 싶어서였다. 제주도에 여행을 와서 괜히 친한 척하며 편의를 얻으려는 사람들과는 달랐다. 심지어 재워 준다고 해도 굳이 사양하며 근처 호텔을 잡았다.

"형님, 오늘 저랑 호텔에서 같이 자요. 오랜만에 자유를 누리셔야지."라는 배려 깊은 멘트까지 남기곤 했다. 그래서인지 이 친구가 오는 것은 기다려진다. 이번에는 혼자가 아닌 여자 친구와 함께 왔다. 여자 친구와 단둘이 있고 싶은 마음일 텐데 시간을 내어 집까지 찾아와 준 것을 보니 고마운 마음이 든다. 쫄보이기는 하지만 확실히 의리는 있다.

제주도에 내려오니 사람과의 관계에 대하여 생각하게 된다.

길게 이어질 인연은 절대 요란하지 않다. 상대방과의 친분을 남에게 과시하지 않는다. 상대에게 어떠한 대가도 바라지 않는다. 그냥 그 사람을 만난 것이 반갑고 좋을 뿐이다. 사람들은 다 안다. 내 사람인지 아닌지.

제주도에 내려오니 손절해야 할 사람과, 인연을 계속 이어가야 하는 사람이 분명하게 구분되어 좋다. 오늘 다시 한번 휴대폰 연락처 목록을 살펴봐야겠다. 연락처 목록을 최대한 가볍게 만드는 것, 그것이 내 인간관계의 지향점이다.

아내, 읍 체육 대회 대표가 되다

○
●

아내와 나는 초등 교사이다. 우리처럼 부부 교사에게는 매년 되풀이되는 딜레마가 있다. 바로 학교 행사이다. 학교 대부분이 같은 시기에 학부모 공개 수업을 하고 운동회를 열기 때문에 우리 아이들은 늘 학교 행사 때마다 부모 없는 아이처럼 외롭게 보내야 했다. 다행히 제주도에 내려와서 2년 동안 내가 육아 휴직을 했기에 학교 행사에 참여할 수 있었다. 하지만 아내는 자녀의 학교 행사에 참여하지 못하는 것에 대한 회의감이 컸던 것 같다.

제주도 이주 2년 차가 되던 때, 아내는 "나 이번 운동회 때는 연가를 써서라도 참석할 거야."라고 말했다. 다행히 아내가 근무한 학교와 아이들 학교의 운동회 일정이 달라 아내는 당당하게 연가를 쓰고 운동회에 참석하기로 했다. 물론 눈치가 보였겠지만, 아내의 단호한 눈빛에 교감 선생님과 교장 선생님도 허락해 준 듯했다.

"두고 봐. 나도 학부모 경기에 다 참여하고 우리 아들딸을 위해서 끝까지 있을 거야."

아내의 말에 나도 은근히 기대되었다. 지금까지 우리 부부가 아이들 학교 행사에 함께 참여한 적이 없었기 때문이다. 운동회가 시작되고 아이들보다 우리 부부가 더 신이 났다. 아들과 딸이 달리기할 때는 운동장을 같이 뛰며 목이 터지라 응원했다. 아이들도 엄마, 아빠가 있으니 더 신이 나고 힘이 넘치는 것처럼 보였다. 오전 운동회 일정이 끝나고 가족끼리 모여 먹는 점심 식사는 더욱 맛이 있었다. 어느덧 식사가 마무리될 때쯤 방송이 들렸다.

"잠시 후, 어머니 달리기가 있습니다. 참가를 희망하시는 어머니들께서는 운동장으로 모여 주시기 바랍니다."

내가 말릴 사이도 없었다. 아내는 이미 운동장에 나가 있었다. 아이들 운동회에 못 와서 한이 맺혔었나 보다.

'아이고, 저기를 왜 나가? 꼴찌 하면 망신일 텐데.'

아내가 달리기하는 모습을 한 번도 보지 못했던 나는 걱정

PHOTO | 아내, 읍 체육 대회 대표가 되다

이 되었다. 꼴찌로 들어오는 엄마 모습에 아이들이 실망할 것만 같았다. 달리기가 시작되고 아내가 속한 조의 차례가 다가왔다. 보는 내가 더 가슴이 떨렸다.

"준비, 차려, 땅!"

출발선의 선생님 신호에 아내가 뛰기 시작했다.

"어라?"

난 분명히 우사인 볼트를 제주도의 시골 초등학교 운동장에서 보았다. 아내는 다른 엄마들과 비교할 수 없을 정도의 속도로 월등하게 1등으로 들어왔다. 아내는 운동회에 모든 것을 불살랐다. 하지만 문제는 다음에 생겼다. 갑자기 젊은 남자들이 우르르 오더니, 아내를 둘러쌌다.

"저기, 연락처 좀 알려주세요."

남편이 버젓이 옆에 있는데 유부녀에게 연락처를 묻다니. '아내가 제주도에 먹히는 스타일이었나?'라고 생각할 때쯤 제일 건장해 보이는 남자가 말했다.

"다음 달에 읍 체육 대회가 열리거든요. 계주 대표를 뽑는데 마침 30대 여자 대표가 없어요. 제발, 마을 대표로 뛰어 주세요."

이런 것을 로드 캐스팅이라고 해야 하나? 그렇게 아내는 리계선 씨(리 대표 계주 선수)가 되었다. 서울 여자, 참 출세했다.

아내는 자존심이 굉장히 센 사람이다. 리 대표 선수가 된 이후, 아내는 매일 새벽 섭지코지 산책로를 달리며 계주 연습을 했다. 나는 잠시 착각을 하기도 했다. 아내가 '2020 도쿄 올림픽' 국가 대표에 선정된 줄, 제주도로 전지훈련을 온 줄.

"야, 꼭 그렇게까지 해야 해? 대충해. 읍 체육 대회야. 무슨 전국 체전 나가?"

나의 타박에도 아내는 꿋꿋하게 달리기 연습을 했다.

"나 때문에 졌다는 말은 듣고 싶지 않아."

아내는 가족들과 산책을 하다가도, 바다를 구경하다가도 갑자기 뛰었다. 아이들도 그런 엄마가 익숙한 듯 그러려니 했다. 그래서 성산읍 체육 대회에서 1등을 했냐고? 당연히 못했다. 4개조가 달리는 예선에서 3등으로 당당히 예선에서 탈락을 했다.

"나 때문은 아닌 것 알지? 난 잘했어."

아내 말이 사실이긴 했다. 4등으로 배턴을 받아 3등으로 넘겨주었으니 잘한 것은 맞다.

"아이, 그때 조금만 더 했으면 한 명 더 제칠 수 있었는데."

성산읍 체육 대회가 끝나고도 문득문득 떠오르는 듯 고개를 흔들며 한동안 이 말을 자주 했다.

'알았다고, 그만하라고!'

난 가끔 아내가 존경스럽다. 아내는 무언가에 집중할 때, 내가 옆에서 큰 소리로 불러도 모를 때가 있다. 항상 책을 보고, 공부한다. 공부가 생활화되어 있다는 말은 아내를 두고 하는 말이다. 매일 새벽 5시면 일어나 책을 보고 헬스장을 다녀온다. 항상 자기 계발에 목말라 있다.

요즘은 줌(Zoom)으로 독서 모임에 3개나 참여하고, 온라인 대학에 가입하여 열정 장학생이 되었다고 자랑한다. 남에게 피해를 주는 것을 싫어하고, 경쟁에서 지는 것도 싫어한다. 이러한 성격이기에 무엇이든 잘하려고 노력한다. 그러한 아내를 보며 나 자신을 반성할 때가 많다. 너무 나태한 것은 아닌지, 현실에 안주하는 것은 아닌지. 이러한 면에서 아내는 내게 긍정적인 자극을 주는 사람이다.

"난 널 존경해."

언젠가 내가 이렇게 말하자, 아내는 보던 책을 덮고 나를 째려보며 말했다.

"사랑한다고 해 주면 안 되니? 아내한테 존경이 뭐야?"

아내의 매서운 눈빛에 눈을 깔며 속으로 말했다.

'사실인데, 어쩌라고.'

제주도에서 진돗개 키우기

○

서울에 살 때, 버킷리스트 중의 하나가 전원주택에 살면서 강아지 한 마리를 키우는 것이었다. 제주도 이주가 결정되고 나는 아내 몰래 반려견 카페에 가입해서 강아지 분양에 대해 알아보았다. 실내에서 키울 자신은 없어 마당에서 키울 수 있는 진돗개를 우선으로 알아보았는데 마침 제주도에서 진돗개를 분양한다는 글을 보게 되었다. 하얀 백구 사진을 보고는 심장이 아플 정도로 귀여워 바로 전화를 해 보았다.

"죄송해요. 분양이 다 끝났어요."

견주의 말에 아쉬움을 감출 수밖에 없었다. 그리고 인연이 아니라고 생각하며 잊고 있었다.

제주도로 이사를 하는 날, 이삿짐이 들어오고 정신이 없는데 계속 휴대폰이 울렸다.

"혹시 강아지를 분양받을 생각에 변함은 없으신가요? 원래 분양받으시기로 한 분이 입도를 못 하시게 되었다고 연락이 와서요."

"네, 그러면 저희가 분양하겠습니다. 그런데 지금 이사 중이라 정신이 없네요. 나중에 여유 있을 때 데리러 갈게요."

"아니에요, 저희가 갈게요. 어미 개랑 떨어지기 힘들어지기 전에 빨리 분양해야 해서요."

통화를 마치고 얼마 지나지 않아 처음 보는 부부가 강아지를 안고 마당에 서 있었다. 때마침 이사 정리로 한창이던 아내가 가장 먼저 부부를 발견했다.

"무슨 일이시죠?"

"강아지 분양하기로 하신 분 아니신가요?"

"아니요. 잘못 찾아오신 것 같은데요. 저희는 아닌데요."

아내의 말에 나는 얼른 강아지를 끌어안으며 말했다.

"저예요. 저 주세요."

아내의 기가 막힌다는 듯한 따가운 눈총을 애써 외면하며 강아지를 안고 오자 아이들이 소리를 지르며 좋아했다. 이쯤 되면 아무리 내 맘대로 강아지를 데려왔어도 아내도 어쩔 수 없는 일이다. 나는 아이들의 절대적인 지지를 받으며 의기양양했다. 그렇게 우리 집 강아지와의 인연이 시작되었다.

우리 가족은 강아지의 이름을 무엇이라고 지을까 한참을 고민한 끝에 '제주'라는 이름으로 짓기로 하였다. 제주는 정말 영특했다. 집 주변에는 대소변을 절대 보지 않고 산책하러 나갈 때 길가 잡초가 우거진 곳에만 대소변을 본다(우리 강아지만 그런 줄 알았는데 진돗개의 특성이라고 한다.). 한두 번 본 사람에게는 절대 짖지 않고 처음 보는 수상한 사람들만 가려서 짖는다(이것도 모든 진돗개의 특성으로 잘 짖지 않는단다.).

"앉아. 손!"이라는 말을 잘 따르는 것은 특별한 훈련을 해서라기보다는 "날 뭐로 보고, 귀찮아."라고 하는 듯하다. 이제는 우리와 함께한 지 시간이 꽤 지나서 강아지 때의 귀여운 모습은 사라졌지만, 요즘은 듬직한 느낌이 든다.

강아지 제주는 우리가 처음 제주도에 이사 온 2018년 2월 27일에 우리 가족의 품에 안긴 아이이다. 신기하게도 우리와 제주도의 삶을 함께 시작한 아이라 더욱 의미가 깊다. 나는 이 아이를 볼 때면 '내가 끝까지 책임져야 할 가족'이라는 생각을 한다. 매일 아침과 저녁 하루에 두 번씩 눈이 오나 비가 오나 산책을 시켜 주어야 하고, 이틀 이상 육지에 나갈 수도 없는 불편함은 있지만(가족 여행을 해도 2박 3일 이상이면 한 번은 꼭 집에 와서 산책을 시켜 준다.) 생명을 책임진다는 것이 어디 쉬운 일이겠는가? 다만 몸집이 커져서 주변 사람들이 위험할까 봐 묶어 두고 기르는 것이 미안할 뿐이다.

친구들이 제주도에 놀러 와 내 바람대로 전원주택에 살며 진돗개를 키우는 나를 보며 "정말 하고 싶은 것 다 하고 사네. 부럽다."라는 말을 할 때가 있다. 그때마다 "부러우면 너도 내려오던지."라고 말하지만, 반려동물을 키운다는 것은 동물이 인간에게 커다란 기쁨과 사랑, 위안을 주는 만큼 인간도 동물에게 사랑과 책임으로 대해야 한다는 의미를 지니고 있음을, 그래서 어려운 일임을 점점 더 느끼며 배우고 있다. 지금도 우리 집 진돗개 '제주'는 잔디 마당에서 늠름하게 집을 지키고 있다. 우리는 지금 강아지 '제주'와 제주도에 살고 있다.

제주도에서 만난 이웃사촌

○
●

나는 지금 타운 하우스에 산다. 자세히 이야기하면 연세를 살고 있는데, 연세란 1년 치 월세를 한꺼번에 내는 제주도만의 독특한 시스템을 말한다. 제주도에는 다양한 가격대의 많은 타운 하우스가 있다. 내가 타운 하우스에서 연세로 산다고 하니 사람들이 궁금해 한다. 마당이 있는 생활은 어떤지, 집은 얼마나 좋은지, 선생이 무슨 돈이 있어 타운 하우스에 사냐는 둥.

그중 가장 궁금해하는 것은 역시 가격이다. 타운 하우스에 살려면 1년에 얼마나 내야 하는지. 내가 연세 비용을 이야기하면 다들 놀라며 이렇게 말한다.

"돈 아깝지 않으세요?"

타운 하우스에 사는 사람들은 대부분 외지인이다. 그들 대부분은 연세를 산다. 제주도를 잘 알지도 못하는데 덜컥 집을 살 수가 없고, 전세를 살면 이사를 하고자 할 때 어려운 일을 당할 수 있다. 당연히 돈은 아깝지만, 연세는 제주도에 사는 외지인에게는 최선인 셈이다.

처음에 서울에서 제주도로 이사를 올 때 '참 우리도 별나다.'라고 생각했는데 타운 하우스에 입주해 보니 나는 아무것도 아니었다. 별난 사람투성이다. 우리와 가깝게 지내는 이웃 중 서울 강남에서 태어나 강남 8학군에서 교육을 받고, 외국 유학까지 다녀온 부부가 있다. 여자는 유명 백화점 브랜드 가방 디자이너였고, 남자는 게임 회사 프로그래머로 일했다. 이런 부부가 지금 제주도에 내려와 아내는 전업주부로, 남편은 온라인 마켓을 운영하며 살고 있다.

다른 부부는 남자가 IT 관련 대기업 팀장인데 제주도가 좋아 육아 휴직을 하고 온 가족과 함께 내려왔다. 이 남자는 지금 심각하게 퇴직을 고민하고 있다. 제주도에서 장사를 하더라도 이곳에서 살고 싶어 한다. 그 밖에도 사관 학교를 나온 군인 부부, 온라인 화장품 회사 직원, 헬스장 트레이너 등 직종도 다양하다. 우리는 그런 다양한 이웃들과 재미있게 지내고 있다.

타운 하우스에 사는 가족들의 특징으로는 자녀 연령대가 비슷하다는 것이다. 가족들이 친해질 수밖에 없는 이유는 아이들 때문이다. 학교에 다녀와 우르르 몰려다니며 자전거를 타고, 이집 저집 놀러 다니는 바람에 이웃과 친하게 지내지 않을 수 없다.

우리 집에서는 주말마다 바비큐 파티가 열린다. 제주 흑돼지 판매 사업을 하는 강남 출신 부부가 고기를 무제한 공짜로 공급하고, 나는 장소를 제공하고 숯불만 피우면 된다. 주말마다 파티를 하다 보니 나도 어느새 술꾼이 다 되었다. 다이어트는 애초에 포기해야 한다. 타운 하우스 아이들은 주말마다 파자마 파티를 연다. 한 달에 한 번씩은 함께 여행을 간다.

도시에서의 이웃은 어떠한가? 나는 서울 아파트에 살 때 단 한 번도 옆집에 누가 사는지 안 적이 없다. 정말 엎어지면 코 닿을 거리인데 서울과 부산의 거리보다 먼 것이 이웃이었다. 지금 타운 하우스에서는 옆집 아이가 자전거를 언제 바꾸었는지, 어떤 신발을 샀는지까지 다 안다. 또한 옆집 가족이 주말에 어디를 가는지, 누가 놀러 왔는지 안다. 심지어 옆집에 온 손님과 함께 저녁을 먹기도 한다. 강남 부부의 아내분 친구는 나를 이제 형부라고 부른다.

주말마다 이웃과 저녁을 먹고, 밤새 시간을 보내는 것이 가끔 피곤할 때도 있다. 과음해서 다음 날 하루가 지워질 때도 있다. 그럴 때면 '다음 주는 가족끼리 조용히 좀 보내자.'라고 생각하지만 매주 똑같은 일이 반복이다. 오늘도 옆집 부부와 술 약속이 있다.

자전거포 아저씨와 신 반장

○
●

지난 주말에 있었던 일이다. 모처럼 조용히 집에서 쉬고 있는데 벨이 울렸다. 옆집 강남 부부의 남편이었다.

"형님, 잠시만 저 좀 도와주세요."

남자는 내 손을 잡고 자기 집 현관문 앞으로 데리고 갔다.

"문 좀 봐주세요. 문이 잘 안 닫혀요."

'자기 집 현관문이 안 닫히는데 왜 남을 부르지?'라고 생각할지 모른다. 이 남자는 형광등 하나가 들어오지 않아도 "사람 불러!"라고 말하는 인물이다. 내가 하도 공구 통을 들고 타운 하우스 아이들 자전거를 조이고, 기름칠하고, 바람도 넣어 주고 고쳐 주었더니 이제 내 특기를 이용하려는 셈이다. 우스운 것은 나도 '심심한데 할 일 생겼네?'하며 공구 통을 들고 왔다는 것이다.

먼저 무엇이 문제인지 한참을 문을 여닫으며 분석했다. 바닥에 얼굴을 대다시피 엎드려 문 밑을 보니 쉬운 일이 아니다. 도대체 멀쩡한 문에 무슨 짓을 했는지 문 밑 철판이 굽어 불룩 튀어나와 있었다. 튀어나온 철판 때문에 문틀에 문이 닿아 빽빽한 것이다. 문제는 알겠는데 작업이 여간 힘든 것이 아니다. 일단 손이 들어갈 틈이 없다. 드라이버를 대고 망치로 쳐 보기도 하고, 펜치로 눌러도 보았지만 힘을 받지 못한다. 바닥에서 뒹굴다시피 하니 옷이 엉망이 되고, 손은 기름때로 까매졌다. 내 집도 아니고 돌아서면 되는데 가끔은 내 성격이 참 원망스럽다.

'내가 이거 고치고야 만다.'

남의 집 현관 바닥에서 뒹군 지도 2시간이 되어 갔다. 순간 생각난 것이 노루발장도리였다. 아이들에게만 지렛대의 원리 이런 이야기하지 말고, 내가 아는 과학의 원리를 실생활에 써 먹어야지.

난 한참을 고민한 끝에 ㄱ자로 된 노루발장도리 머리를 문 밑으로 집어넣었다. 톡 튀어나온 철판 부분에 노루발장도리 머리가 닿았다. 있는 힘을 다해 지렛대의 원리로 문을 들어

올렸다. 그러자 튀어나온 철판이 눌리는 느낌이 들었다. 나는 그 순간 '지렛대의 원리'를 발견한 아르키메데스의 웃음소리를 들었던 것 같다. 세상 어느 문이 이토록 부드럽게 닫힐까? 빙판 위 김연아의 스케이트날보다 부드럽고 우아하게 문이 닫혔다.

"대박! 형부, 너무 멋져요."

제수 씨라 부르는 강남 부부 여자의 목소리가 들렸다. 이때, 절대로 쳐다보면 안 된다. 그러면 멋이 안 난다.

"뭐 별것도 아닌데요. 야, 나중에 술 한잔 사라!"

나는 남자에게 뒤도 돌아보지 않으며 말하고, 정말 쿨하게 집으로 돌아왔다. '설마 고칠 수 있겠어?'라며 바라보던 아내와 강남 부부의 존경 어린 눈빛을 뜨겁게 느꼈지만, 꾹 참고 돌아보지 않았다. 그리고는 2층 방으로 올라와 문을 꼭 닫은 채 주먹으로 입을 막고 웃었다.

'참, 멋지다! 나란 놈.'

제주도에 살면 할 줄 알아야 하는 일이 많다. 이곳이 섬이다 보니 무엇 하나 고치려 해도 오래 걸린다. 필요한 부품을 구하기 어렵고, 육지에서 배송이 와야 한다. 기술을 가진 전문가는 제주시에 몰려 있어 약속을 잡기 어렵다. 서울에 살 때도 만들기를 좋아하고 고치는 것을 즐긴 것은 사실이지만,

PHOTO | 자전거포 아저씨와 신 반장

제주도에 와서 별일을 다 해 보았다.

캠핑 장비를 둘 곳이 없어 창고를 내 손으로 지었다. 집 앞의 주차 라인도 내가 그렸다. 차 안의 블랙박스도 내가 달았다. 차박을 위해 산 7인승 카니발 자동차 시트 레일 연장도 내가 했다. 딸아이의 미술 책상도 나무만 주문해서 내가 만들었다. 덕분에 아내는 집안에 무엇인가 고칠 일이 있거나 문제가 생기면 사람을 부르지 않고 나를 찾는다.

"여보!"

목소리가 부드러우면 분명 뭔가 시키려는 거다. 이렇게 되니 창고 안에는 없는 공구가 없다. 문제는 아내만 부르는 것이 아니라는 것이다. 타운 하우스 아이들은 자전거가 고장 나면 자기 아빠가 바로 옆에 서 있는데, 내게 고쳐 달라고 말한다. 문제는 이 아빠들이 자기 일 아니라는 듯이 나만 쳐다본다는 것이다. 언젠가 제주도에 놀러 오신 어머니께서 내가 아이들 자전거, 킥보드를 고쳐 주고 있는 모습을 보시더니 깔깔대며 말씀하셨다.

"자전거포 아저씨!"

다른 이웃은 나에게 신 반장님이라고 부른다. 어머니가 나를 자전거포 아저씨라 불러도, 이웃들이 신 반장, 동대표라 불러도 솔직히 기분이 나쁘지 않다. 가까운 사람들에게 도움을 줄 수 있는 재주가 있어 참 다행이다.

"삼촌, 문 고쳐 주셔서 감사합니다."

퇴근을 하니 어제 문을 고쳐 준 강남 집의 딸아이가 작은 반찬 통을 들고 서 있었다. 덕분에 그날 저녁은 가족들과 돼지 두루치기를 맛있게 먹었다. 이 맛에 조금 귀찮고 힘들어도 돕고 사는 거다. 당분간은 자전거포 아저씨와 신 반장으로 지내야 할 것 같다.

시고르자브종의 유혹

○
●

　요즘 현대인들 대부분이 그렇겠지만 집에서 아무것도 하고 싶지 않을 때 나는 누워서 유튜브를 본다. 그중에서 반려견 채널을 자주 보는데 아무 생각 없이 보기에 딱 좋다. 특히 '시고르자브종'이라고 불리는 시골 강아지들은 내 심장을 자주 폭행한다. 헬리콥터 날개처럼 돌아가는 꼬리, 짧은 다리, 서로 물고 장난치는 모습은 보고만 있어도 미소가 지어진다.

　우리 집에도 진돗개 '제주'가 있다. 이 녀석이 아기일 때, 밖에 데리고 나가면 지나가던 관광객들이 둘러쌀 정도로 귀여웠는데 진돗개의 단점은 금방 자란다는 것이다. 6개월 정도 시간이 지나고, 관광지로 '제주'를 데려갔을 때는 관광객들이 슬금슬금 피해 다녔다. 그때부터 제주를 산책시킬 때는 튼튼한 가죽 목줄을 꼭 하고, 지나가는 사람들과 되도록 멀리 떨어져 다니도록 했다.

내가 어렸을 때 강아지를 몇 번 키워 보았는데 진돗개는 확실히 다르다. 눈치가 빨라서 주인이 싫어하는 행동은 잘 하지 않고, 쓸데없이 시끄럽게 짖지도 않는다.

"어쩜 개가 그렇게 똑똑해요? 듬직하고 잘 짖지도 않아요."

타운 하우스 이웃들이 제주를 칭찬할 때면 마치 내 자식이 칭찬받는 것처럼 뿌듯하다.

"진돗개잖아요."

이 한 마디에는 자부심이 가득하다. 매일 출근 전, 퇴근 후 이렇게 하루 두 번 산책을 하는데 깔끔한 성격 탓에 그때 아니면 절대로 배변을 하지 않는다. 한 번은 가족이 모두 육지에 갈 일이 있어 옆집에 강아지 산책을 부탁한 적이 있는데, 우리 가족이 돌아오자 옆집 여자가 감탄하며 말했다.

"얘 진짜 똑똑해요. 산책하면 자기가 알아서 동네 한 바퀴 돌다가 시간이 되면 자기 집 앞에 와서 묶어 달라고 서 있다니까요."

이렇게 타운 하우스 이웃들의 사랑을 독차지하지만, 아무리 개가 똑똑하고 듬직해도 바라만 보아도 웃음이 나는 귀여움이 사라진 것은 아쉬운 일이 아닐 수 없다.

"여보, 우리 강아지 한 마리만 더 키울래?"

유튜브 영상 속 귀여운 강아지를 보며 말하자, 아내는 날 거들떠보지도 않았다. 지금 키우는 '제주'도 아내 허락 없이 데리고 온 강아지이기에 대꾸할 가치조차 느끼지 못하는 것 같았다. 아내가 내 말을 들은 체도 하지 않자, 나는 아이들을 동원했다.

"얘들아, 우리 강아지 한 마리 더 키울까?"

"응, 제발!"

"엄마, 한 마리 더 키우자."

내가 다시 아이들을 동원하는 작전을 쓰자 그제야 아내는 나를 째려보며 말했다.

"한 번만 더 일 벌여 봐!"

아내의 매서운 눈빛에 더는 말하지 못했지만, 지금도 나는 호시탐탐 기회를 노리고 있다. 늠름한 진돗개 '제주'가 마당을 지키고, 귀여운 강아지가 실내를 돌아다니며 귀여움을 떨 것을 생각하니 웃음이 난다. 제주도에 내려오기 전에는 무조건 진돗개만 알아보았는데, 지금은 작은 강아지 생각만 하고 있는 나도 참 못 말린다.

단독주택에 살면 이런 점이 좋다. 개를 키운다고 눈치 주는 사람 하나 없고, 개가 짖는다고 뭐라고 하는 사람도 없다. 강아지들도 마음껏 뛰어놀 수 있는 잔디 마당이 있으니 강아지에게는 천국이다. 요즘 진돗개 '제주'에게 미안하다. 몸집이 커지면서 행여나 다른 사람들을 물까 봐 마당에 묶어 두어야 하는 것이 마음에 걸린다.

담이 높으면 풀어 놓고 키우겠는데 담이 거의 없는 타운 하우스 구조 탓에 풀어 놓을 수가 없다. 미안한 마음에 하루 두 번 이상 산책은 꼭 시켜주려고 한다. 가끔은 귀찮기도, 성가시기도 하지만 생명을 키우는 일이 어디 쉬운 일이겠는가?

항상 늠름하게 우리 집을 지키는 진돗개 제주! 이 아이 덕분에 제주살이가 더 행복하고 든든하다. 하지만 귀여운 강아지 한 마리 더 키우고 싶은 마음은 쉽게 떠나지를 않는다. 오늘 아이들을 총동원해서 다시 한번 아내에게 말해야겠다.

"여보, 강아지 한 마리만 더 키우면 안 될까?"

제주도 고기 맛에 빠지다

○
●

나는 원래 고기를 좋아하지 않는다. 먹는 것을 귀찮아하고, 채소나 과일을 좋아해 기름기가 많은 고기는 멀리하며 살았다. 서울 아파트에 살 때 삼겹살이라도 한 번 구워 먹으려고 하면 식탁이며 바닥, 천장까지 기름투성이가 되어 차라리 안 먹는 것이 낫다고 생각했다. 그런 내가 고기 맛에 빠졌다. 모든 것이 우리에게 웨버로 구운 고기의 맛을 알게 해 준 성산 부부와 제주 흑돼지 온라인마켓을 운영하는 옆집 강남 부부 탓이다.

지금 사는 집으로 이사를 오기 전, 아내의 직장 동료였던 성산읍 여선생님 집에 저녁 초대를 받았다. 여선생님의 남편은 나와도 친한데, 우리를 초대한 날 제주 흑돼지가 준비되어 있었다. 내가 놀란 것은 고기를 굽는 그릴이었다. 뚜껑이 있는 바비큐 그릴이 집에 떡하니 있었다. 난 그렇게 생긴 것은 펜션에나 있는 것인 줄 알았다.

"이게 뭐야?"

"형님, 웨버 모르세요? 여기에 구우면 뭐든 다 맛있어요."

성산 동생의 말은 사실이었다. 우리 부부는 지금껏 경험해 보지 못한 고기 맛을 보았다. 가끔 흑돼지 생각이 나서 집에 있는 버너에 불판으로 고기를 구워 먹어 보았지만, 그때 먹어 본 맛이 아니었다.

애월로 이사를 오고 우리가 제일 먼저 산 물건은 웨버였다. 이것저것 사는 것을 좋아하지 않는 아내가 적극적으로 사라고 했다. 웨버가 도착하고 실물을 보고 있으니 도저히 이걸 어떻게 사용해야 할지 막막했다.

"다시 반품할까? 아니면 팔아버릴까?"

내가 이렇게 말하자.

"일단 놔둬. 배워서 사용하면 되는 거지."라며 만류했다. 그렇게 우리 가족과 웨버와의 동행이 시작되었다.

지금은 웨버 없이는 고기를 먹지 않는다. 냉장고에 고기 한 덩어리만 있어도 우리는 당연한 듯 숯에 불을 붙이고 그릴에 고기를 굽는다. 웨버는 한마디로 '기다림'이다. 뚜껑을 닫고 적정 온도를 유지하며 오랜 시간 기다려야 맛있는 고기를 맛볼 수가 있다. 그런 번거로움이 있는데도 절대 웨버를 포기할 수가 없다.

웨버를 사용해 고기를 구워본 사람이라면 알 것이다. 웨버에 통고기를 넣고 4~5시간 훈연을 하고나면 고기가 젤리처럼 찰랑거린다. 고기가 촉촉해 입안에 넣으면 사르르 녹는다. 그리고 껍질은 젤리처럼 쫀득쫀득하다. 고기를 좋아하지 않는 나조차도 이것이 보통의 맛이 아니라는 것을 금세 알게 된다. 웨버를 이용한 고기 요리는 비교 불가, 대체 불가이다.

타운 하우스에 이사를 왔을 때 웨버를 가진 집은 우리뿐이었다. '콩 한 쪽도 나누어 먹으라.'라는 말처럼 숯불에 고기를 굽는 날이면 우리 가족은 당연한 듯, 이웃에 고기를 돌렸다. 우리는 좋은 뜻으로 음식을 돌린 것인데 타운 하우스 주민들이 마약처럼 고기 맛에 중독되어 갔다. 심지어 우리 가족이 고기를 굽는 날이면 괜히 인사를 하며 친한 척을 했다.

"오늘도 파티하시나 봐요? 고기 구우세요? 지난번 고기 맛있더라고요."

그 눈빛에서 기대 심리를 읽은 것은 나만이 아니었다. 아내는 접시에 고기를 담아 인사를 한 이웃에게 나누어 주었다.

"매번 얻어먹기만 해서 어쩌지요?"

이렇게 말하는 이웃의 얼굴에서 나는 분명 함박웃음을 보았다.

이제는 굳이 고기를 돌릴 필요가 없다. 지금 우리 타운 하우스는 웨버의 향연이다. 각양각색의 그릴이 집마다 마당에 전시되어 있다.

설상가상으로 강남에서 온 부부의 남편이 흑돼지 온라인 마켓을 운영한다. 이 남자가 파는 고기가 또 예술이다. 마트에서 흔히 파는 삼겹살과 목살 이런 것과는 수준이 다르다. 이 남자가 파는 고기는 프리미엄급으로 숄더렉, 프렌치렉, 오겹살, 삼겹살, 목살 등 다양하다. 무엇보다 고기의 두께부터가 다르다. 무엇보다 제주도 흑돼지 중에서 좋은 고기를 엄선해서 판매한다. 그만큼 가격도 비싸다.

고기 사장님이 매주 온라인 마켓 사장님이 프리미엄 제주 흑돼지를 부위별로 무한 공급한다. 나는 웨버에 숯불을 피우고 고기만 구우면 된다. 물론 고기를 굽는 일이 귀찮고, 뒤처리가 쉽지 않지만, 노동력을 제공하고 맛있는 고기를 먹을 수 있으니 우리도 손해는 아니다.

제주도에 내려오니 고기를 자주 먹는다. 내가 40년 동안 먹은 돼지고기의 양보다 웨버를 사용한 2년 동안 먹은 고기의

양이 훨씬 많다. 주말에 좀 조용히 혼자 지내며 책도 보고 글도 쓰고 싶은데, 아침부터 밤까지 예고 없이 찾아오는 사이 좋은 이웃들 때문에 쉴 겨를이 없다.

　하지만 괜찮다. 그 덕에 아이들에게는 친형제 같은 친구가 생기고, 아내에게는 친한 언니와 동생이 생겼다. 나 또한 자주 연락하고 주말마다 술 한잔할 수 있는 서너 살 아래 동생들이 있으니 제주살이가 외롭지 않다.

맥주, 너란 놈

○
●

나는 술을 그리 좋아하지 않았다. 직장에서 회식을 하면 왜 이리 술을 주는지 몰래 탁자 밑에 버리거나 그러지 못하고 취하면 다음 날 정말 괴로워하며 다시는 술을 안 마실 것이라고 다짐했다. 그런데 지금의 나는 맥주 없이는 못 살게 되었다.

퇴근하면 퇴근 맥, 주말이면 주말 맥, 낮에 하면 대낮 맥, 여행을 가면 여행 맥, 가족끼리 저녁 맥. 갖다 붙이는 이름도 다양하다. 이틀 전에는 아들이 태권도 학원에서 녹색 띠를 땄다고 축하주를 마셨다. 아들이 태권도 학원에서 승급한 것과 술 마시는 것이 무슨 관계가 있는지 나도 우습다.

심지어 우리 집 문화 중에 매일 저녁 '짠 타임'이 있다. 아이들은 음료수, 아내와 나는 맥주로 항상 짠을 하며 하루 동안 있었던 일을 이야기한다.

행복한 우리 가족을 위하여! 아빠의 출근을 위하여! 엄마의 복직을 위하여! 중현이의 태권도 심사를 위하여! 혜현이의 새로운 레고 장난감을 위하여! 이처럼 이유도 각양각색이다. 우리 가족은 돌아가며 건배사를 하는데 아이들도 이제는 소재가 떨어졌는지 아무것이나 갖다 붙인다.

"나 이제 술 그만 먹을 거야. 나만 살쪘어."

아내는 매일 아침 일어나면 항상 이 말을 한다. 하지만 이 말을 믿는 사람은 아무도 없다. 오늘도 아내는 아침에 이 말을 하고, 퇴근하자마자 시원하게 퇴근 맥을 들이켰다.

"내가 뭐 마시고 싶어서 마시는지 알아? 애들 가르치기 힘들어서 그래."

'누가 뭐래? 괜히 찔리니까.'

1인당 술 소비량이 제일 많은 곳이 어디인지 알고 있는가? 바로 제주도다. 아무래도 제주도가 관광지다 보니 관광객들이 여행을 오면 술을 많이 마시고, 그보다 제주 도민들이 술을 많이 마신다. 도시와 다른 것은 도시 사람들은 술집에서 마시지만, 제주 도민들은 집에서 마신다. 제주시 중심가를 제외하고는 도시처럼 술집이 많지도 않고, 특히 가을부터 겨울

까지는 해가 매우 짧다. 해가 진 제주도에서 할 일이 별로 없다. 도시는 해가 져야 도시가 살아나지만, 제주도는 그렇지 않다. 보통은 가족들과 술을 한잔하며 대화를 하는 것이 하루의 일과다.

올해 2월에 공무원 건강 검진을 받았다. 매일 술을 마시다 보니 괜히 찔려 솔직히 걱정했다. '서울에서 간 수치 조심하라고 항상 쓰여 있었는데, 나빠졌으면 어쩌지?'라는 생각에 결과지를 받으러 가는 날 잔뜩 긴장했다. 그런데 처음으로 비고란에 아무것도 적혀있지 않았다. 그렇게 술을 마셨는데 오히려 건강이 좋아졌다.

"거봐, 공기 좋은 곳에서 마시는 술은 괜찮다니까. 내가 뭐 소주를 몇 병씩 마시는 것도 아니고, 맥주 한 캔, 두 캔인데. 나보다는 여보가 조심해야 할 것 같아. 나보다 더 마시잖아."

오랜만에 큰소리도 쳤다. 그날 저녁, 여지없이 가족과 짠 타임을 가졌다.

만약 아직도 내가 서울에 있었다면 매일 가족과 '짠 타임'을 가질 수 있을까? 아마도 교장의 술 상무 역할을 하며 마시고 싶지 않은 술을 괴롭게 마시고 있지는 않았을까? 물론 그만큼 사회적 지위나 역할은 올라갈 수도 있었겠다.

제주도는 참 신기한 곳이다. 제주도에 살면 가족과의 시간이 늘어난다. 나만 그런 것이 아니다. 동료 선생님들도 회식을 좋아하지 않는다. 제주도 선생님들은 대부분 운전을 해서 출근을 하고 사는 곳도 다 다르다. 그러다 보니 회식을 해도 술을 마시지 않고, 식사만 하고 집에 간다. 덕분에 아이들이 좋아한다. 매일 엄마, 아빠가 집에 일찍 오니 아이들은 얼마나 좋겠는가? 그리고 그 덕에 제주도에 와서 아이들이 커가는 모습을 온전하게 지켜본다. 이것도 행운이다.

매일매일 금주 선언

○
●

오늘 하루의 절반이 사라졌다. 토요일 밤, 옆집 이웃과 마신 술 때문이다.

"우리 이번 주말은 가족끼리 조용히 보내자. 옆집에서 전화 오면 받지 말고, 나중에 몰랐다고 하는 거야."

금요일 퇴근 후, 아내와 암묵적인 약속을 하고 최대한 집 밖으로 나가지 않았다. 술을 안 마신 것은 아니다. 아내와 간단하게 맥주 한 캔씩만 마시고 금요일 밤을 모처럼 여유롭게 즐겼다. 토요일이 되자 집에 아무도 없는 듯이 쥐죽은 듯이 지내며 집 밖으로 한 발짝도 나가지 않았다. 그렇게 무사히 하루가 지나가는 줄 알았다. 그런데 아이들이 문제였다.

"아빠, 왜 이번 주는 안 놀아? 옆집이랑 술 안 마셔?"

타운 하우스 아이들은 주말이면 당연히 옆집과 저녁 식사나 술자리를 하는 것으로 안다. 토요일 저녁이 되도록 아무런 움직임이 없으니 아이들이 심심해서 안달이었다.

"이번 주는 안 놀 거야."

나와 아내가 움직이지 않자.

"그럼 우리 옆집에서 놀다 온다!"

우리가 말리기도 전에 아들과 딸이 옆집으로 들어가 버렸다. 그리고 5분 후, 옆집 남자에게서 전화가 왔다.

"얼른 넘어오세요. 술 한잔하셔야죠."

나와 아내 성격의 가장 큰 문제점이 있는데, 둘 다 거절을 잘 못 한다는 점이다.

"난 오늘 논 알코올 맥주 마실 거야."

언제 논 알코올 맥주를 사다 놓았는지 아내는 냉장고에서 알코올 0% 맥주를 꺼냈다.

"그래, 나도 오늘은 맥주 딱 두 잔만 마실 거야."

이렇게 서로 다짐하며 옆집으로 넘어갔다.

그래서 나는 맥주 두 잔, 아내는 논 알코올을 마셨냐고? 우리 부부의 치명적인 다른 문제점이 하나 더 있는데, 둘 다 의지가 약한 것이다. 우리는 옆집 동생이 끊이지 않고 내오는 고

량주, 코냑의 유혹에 빠져 새벽이 되어서야 집에 들어올 수 있었다. 내가 마지막으로 기억나는 장면은 "얼음 드릴까요? 양주는 희석해서 드셔야죠."라는 옆집 동생의 말에 "아니에요. 저는 스트레이트만 마셔요."라고 대답하는 아내의 모습이다.

'여보, 논 알코올 마실 거라며?'

정확히 어떻게 집에 왔는지 언제 잠이 들었는지 기억이 나지 않는다. 확실한 것은 내가 먼저 들어왔고, 아내는 옆집 부부와 더 있었다는 것이다. 역시 아내는 나보다 뭐든 잘한다.

오늘 나는 하루의 절반을 누워있었는데 아내는 멀쩡하게 일어나 책을 읽고, 집안일을 하고 점심때가 되자 또 다른 타운 하우스 동갑내기 친구와 맥주를 한잔했다.

"나 내일부터는 술 안 마실 거야. 주중에는 안 마시려고."

저녁이 되자 아내가 이렇게 말했지만, 그 말을 귀담아듣는 사람은 우리 식구 중에 아무도 없다. 아내는 분명히 내일도 퇴근하자마자 맥주 한 잔을 들이켜며 이렇게 말할 것이다.

"내가 뭐 마시고 싶어서 마시는지 알아? 다 일하기 힘들어서 그래."

아내도 문제이지만 나도 문제이다. 제주도에 내려와서 술만 늘었다. 이렇게 하루를 기어 다니고, 더는 안 되겠다.

"이제 나도 술 좀 줄이려고. 운동도 해야겠어."

아내에게 진지하게 이야기했지만 듣는 시늉도 없다.

"진짜라고, 이제 안 마신다고!"

아무 대꾸도 없이 나를 쳐다보는 아내의 눈빛에서 '누가 뭐래? 끊고 얘기해.'라는 속마음을 읽었다. 제주도에 살면서 정말 마음대로 안 되는 일이 술이다. 정말 끊을 수 있을까? 제주도에 사니 매일매일 금주 선언을 하고 있다.

제주 도민의 쇼핑법

○
●

　제주살이의 어려움을 말할 때 이구동성으로 말하는 것이 바로 '택배'이다. 쿠팡의 로켓배송을 제외하고는 거의 모든 물건에 3~5천 원의 추가 배송비가 붙는다. 행여 지불한다고 해도 배송이 안 되는 물건이 많다.

　'도서·산간과 제주도는 배송 불가'

　이 문구는 인터넷 쇼핑을 하는 사람이라면 자주 보았을 문구다. 서울에 살 때는 물건을 고르고 결재를 하면 끝이었는데 지금은 스크롤을 내려 배송 정보를 꼼꼼하게 읽어 본다. 잘못하면 물건값보다 비싼 배송비를 결제할 수도 있기 때문이다.

　사정이 이렇다 보니 제주도는 다른 지역에 비해 당근마켓이 활성화되어 있다. 나의 인터넷 쇼핑 패턴은 이렇다. 먼저 당근마켓을 검색한다. 당근마켓에 물건이 나와 있으면 가격 흥정을 하고 물건을 구매한다. 아무리 기다려도 당근마켓에 물건이 올라오지 않으면 쿠팡을 검색한다. 로켓배송을 체크한 후 물건을 알아보고, 없으면 로켓배송을 해제하고 다시 검색한다. 추가 배송비를 물고 결제를 한다. 어쩌다 보니 온라인 쇼핑에서 당근마켓이 쿠팡보다 우선순위가 되어버렸다.

지난 5월 아들과 딸의 방을 꾸며 주었다. 원래는 1층 안방에서 온 가족이 함께 자고, 2층은 게스트룸과 내 서재로 꾸며져 있었다. 그러다 보니 2층은 나 말고는 아무도 올라가지 않았다. 매일 손님이 오는 것도 아니고 손님을 위해 2층을 통째로 비워두는 것은 비경제적인 일이다. 아이들도 이제 웬만큼 커서 방이 필요했다. 아이들의 방을 만들어 주려니 필요한 것이 한두 가지가 아니었다.

우선은 아이들에게 맞는 책상과 의자가 필요했다. 아이들 책상을 사려고 가구 매장을 방문했다. 제주도는 역시 물가가 비싸다. 물건값은 비싼데 마음에 드는 물건은 별로 없다. 가구 매장을 몇 군데 돌아보고는 당근마켓을 검색했다. 제주도에서 당근마켓은 보물창고이다. 저렴한 가격에 책상과 의자가 많이 나와 있었다.

제주살이의 팁 하나 말하자면, 제주도는 육지에서 이주를 많이 오지만 또 그만큼 많이 육지로 이사를 한다. 제주살이를 마치고 가는 사람들은 이삿짐을 줄이기 위해 많은 물건을 당근마켓에 내놓는다. 특히 가구는 부피도 크고 가져가는 것이 일이라 급하게 처분하려 한다. 그만큼 좋은 물건이 싼 가격에 나온다.

아들과 딸에게 맞는 책상과 의자를 골라 당근 쿨 거래를 마치고 차에 실어 집에 돌아왔다. 중고이면 어떤가? 깔끔하고 예쁘기만 한데. 무엇보다 새 책상 하나 사는 비용으로 책상 두 개에, 의자까지 깔 맞춤할 수 있어 좋았다.

아이들의 물건뿐만이 아니다. 나의 유일한 취미인 캠핑에서도 당근마켓은 빛을 발한다. 고가의 캠핑 장비는 당근마켓을 잘만 이용하면 저렴하게 사기도 하고, 알맞은 가격에 팔 수도 있다. 캠핑 장비를 거래하며 캠핑 정보도 서로 교환할 수 있어 일석이조다. 내가 가진 장비도 당근마켓에서 구한 것들이 많다. 반대로 새것으로 샀다가 맞지 않아 다시 판 물건도 꽤 된다.

꼭 돈을 벌거나 절약하려고 당근마켓을 하는 것은 아니다. 경제적이기도 하지만 은근한 재미가 있다. 가격을 흥정하고 싼 가격에 샀을 때의 보람과 필요 없는 물건을 팔아 소소하게 용돈을 벌 때의 뿌듯함이 존재한다. 지금 이 글도 당근마켓에서 구매한 노트북으로 쓰고 있다. 새 물건보다 만족스럽고, 왠지 글도 잘 써지는 것 같다.

우리 서울로 놀러가자

○
●

육지에 살며 관광객으로 가끔 찾는 제주도는 갈 곳이 많은 곳이지만, 정착을 하면 이야기가 달라진다. 제주도에 정착한 지 4년 차가 되니, 웬만한 곳은 다 가 보았다. 이제는 갈 곳이 별로 없고 어디를 가도 새롭지가 않다,

아파트 문제로 1박 2일 동안 서울에 다녀온 적이 있다. 인사동에 위치한 호텔을 잡고, 저녁은 아내와 내가 처음 만난 곳인 광화문 세븐스프링스에서 식사를 했다. 마침 우리가 서울에 올라간 날은 레스토랑 폐점을 일주일 앞두고 있었는데, 그래도 아내와 처음 만난 장소에 아이들과 함께 와서 저녁을 먹는 기분이 새로웠다.

"여보 너무 좋지 않아? 그런데 섭섭하다. 폐점한다니까."

"그러게, 이번에 서울 오길 정말 잘했어."

서울에 살 때는 그렇게 서울을 탈출하고 싶었는데, 제주도에 살다가 오랜만에 서울에 오니 모든 것이 새롭고 좋았다. 그러고 보면 사람의 마음이 간사하다. 인사동의 초고층 호텔에 머무르며 바라본 서울의 야경은 제주도에서 볼 수 없는 멋진 풍경이었다. 서울에 살 때는 제주도의 풍경이 멋지고, 제주도에 살 때는 서울의 풍경이 멋지니, 역시 사람은 무엇이든 한 걸음 떨어져서 여유 있게 바라보아야 그 아름다움을 느낄 수 있다.

"여보, 앞으로 우리 휴가는 서울로 가자."

"좋은 생각인 것 같아."

내 말에 아내도 깊이 공감한 듯이 대답했다. 제주도에 정착하고 나니, 가끔은 서울의 도시 뷰와 한강 뷰 생각이 난다. 지하철을 타면 대학로나 예술의 전당에서 수준 높은 공연을 볼 수 있으며, 아이들이 좋아하는 놀이동산도 마음만 먹으면 갈 수 있는 서울. 술을 한잔하고 싶으면 불러낼 친구들이 많고, 각종 먹거리도 많은 그곳이 그리울 때가 있다.

그렇다고 제주도에 대한 마음이 변한 것은 아니다. 바라만 보아도 눈이 맑아지는 듯한 제주도의 파란 바다와 하늘, 녹음이 짙은 나무와 한라산, 오름. 이런 것은 자연이 인간에게 주는 최고의 선물이다. 하지만 귀한 것도 흔하면 그 소중함을 모르듯이, 제주도가 지루하고 심심해질 때면 도시에 올라갈 생각이다. 백화점과 쇼핑몰, 수많은 인파와 술집. 도시의 이러한 문물을 즐기고 있으면 처음에는 "역시 사람은 서울에서 살아야 해."라는 생각이 든다. 하지만 신기하게 하루만 지나도 얼른 제주도로 내려가고 싶다. 작년에 김포공항 쇼핑몰에 갔다가 흥분 지수가 상승하며 미친 듯이 쇼핑을 하는 아내를 보았다. 두 시간 정도 쇼핑을 한 아내는 의자에 털썩 앉으며 말했다.

"힘들다. 얼른 집에 가자."

"서울 좋잖아. 더 있고 싶지 않아?"

내가 이렇게 묻자 아내가 한 말이 인상적이었다.

"응, 좋아. 그런데 놀았더니 이제 집에 가고 싶네?"

서울에서 태어나 서울을 떠나본 적이 없는 아내에게 가장 편한 곳은 제주도 집이었다. 아내에게 서울은 그냥 가끔 놀러 오는 곳이지 그 이상도, 이하도 아니었다.

우리 가족이 제주도 공항에 내리면 동시에 하는 말이 있다.

"역시 제주도가 좋네."

애월 집에 도착하면 딸은 거실에서 뱅글뱅글 돌며 말한다.

"얼마나 좋아. 제주도!"

우리 가족도 사람인지라 좁은 섬인 제주도가 지겹고 지루할 때가 있다. 그런 마음이 들면 나는 서울행 비행기표를 예매하고 아내에게 이렇게 말할 것이다.

"여보, 우리 서울로 놀러 가자."

거친 바람과 상상 초월 습도 그리고 비

○
●

제주도 날씨는 세 가지로 요약할 수 있다. 거친 바람, 상상 초월 습도, 수시로 내리는 비. 제주는 바람의 섬이다. 제주도에서는 바람이 불지 않는 날이 드물다. 바람이 약한가, 강한가의 차이일 뿐이지 바람은 항상 분다. 여름철이면 따가운 햇빛 때문에 마당에 타프를 쳐 놓는데 바람 때문에 일주일에 몇 번을 걷었다 치기를 반복하는지 모른다. 휴대폰에 날씨 앱을 설치하고 수시로 바람을 체크한다.

제주는 바람도 화끈하다. 바람의 끝판왕인 태풍은 언제나 제주도에서 가장 세다. 제주도를 세게 때려 놓고 힘이 빠져서 육지로 올라간다. 제주도에 살면 아침에 출근할 때 드라이를 하고 헤어 왁스로 머리를 세팅할 필요가 없다. 한 시간도 안되어 바람에 엉망이 된다. 습도까지 높아 왁스를 바른 머리는 분명 떡이 진다. 나도 이제는 머리 스타일링은 포기했다.

제주의 날씨 중 가장 힘든 것이 습도이다. 특히 장마철인 6~7월에 습도가 절정을 이루는데 처음 제습기를 샀을 때, 현재 습도를 나타낸 숫자를 보고 제습기가 고장 난 줄 알았다. 습도 87~91%를 찍는 날은 온몸이 녹아내리는 것만 같다. 장마철에 제습기를 틀어놓으면 반나절도 안 되어 물통을 버려야 한다. 그리고 제습기를 돌리지 않으면 십중팔구 옷에 곰팡이가 핀다. 평생을 제주도에 사시는 토박이분들도 습도를 가장 힘들어 한다.

그리고 비. 제주도에서 비는 옆으로 내린다. 우산을 써도 소용이 없다. 바람과 함께 비가 가로로 내려 얼굴과 옷이 젖기 일쑤이다. 비가 오는 아침 출근해서 차를 주차하고 우산을 펼치며 내릴 때 우산이 뒤집혀 낭패를 본 경험은 제주도 사람들에게는 흔한 일이다. 비가 세차게 내리는 날, 비바람이 센 바닷가에 가 본 사람은 보았을 것이다. 바람이 빗물을 빗질하듯이 옆으로 쓸어버리는 광경을.

제주도의 도심은 배수가 잘되지 않는다. 그나마 농사를 짓는 시골이 도시보다 자연 배수가 잘되는데, 시골에 가면 트럭

이나 농기계가 다니는 농로에 배수 시설 공사를 하는 곳을 많이 볼 수 있다. 제주도가 워낙 비가 많이 오는 지역이기에 아스팔트나 콘크리트 길을 낸 곳에 배수구를 설치하지 않으면 바퀴까지 비에 잠기는 경우가 많다. 장마철에는 비가 워낙 많이 와서 물길을 헤치며 출근을 하는 일도 있다.

날씨 탓일까? 내가 본 제주분들은 강인하다. 험한 바다와 날씨에 맞서야 하고, 물질을 하다 보면 자연스레 그렇게 되지 않았을까 생각한다. 겉으로는 무뚝뚝하고 불친절해 보이지만 막상 만나서 이야기하고 친해지면 그렇게 따뜻하고 정 많은 사람도 제주도 사람이다. 제주도 날씨가 험하기는 하지만, 제주도에 대한 내 짝사랑에 비하면 아무것도 아니다. 나는 툭하면 우산을 망가뜨리는 바람이 재미있다. 장마철이면 사우나 같은 습도가 신기하다. 세차게 얼굴을 때리는 빗줄기가 시원하기만 하다. 연인도 오래 함께하면 콩깍지가 벗겨진다고 하던데 큰일이다. 이제 곧 장마다.

PHOTO | 거친 바람과 상상 초월 습도 그리고 비

조심하세요, 제주도는 '녹'이 많아요!

○
●

작년에 딸아이의 자전거를 새로 사 주었다. 마침 딸아이가 세발자전거에서 두발자전거로 넘어가는 시기였다. 덕분에 그 비싼 도서·산간 화물 택배 비용을 부담하여 핑크색이 인상적인 자전거로 마련했다.

그런데 문제가 생겼다. 자전거를 산 지 얼마 지나지 않아 녹이 잔뜩 슬어버린 것이었다. 딸아이의 자전거뿐만이 아니다. 가족끼리 해안도로에서 함께 자전거를 타겠다고 내 것과 아들 것까지 세 대를 샀는데, 지금은 완전히 방치된 상태이다. 이 자전거를 타려면 사포로 녹을 벗겨 내고 기름칠을 해야 하는데, 한나절은 족히 걸릴 것 같다.

제주도를 흔히 삼다도라고 부른다. 바람, 돌, 여자가 많은 삼다도. 하지만 제주도에 살아 보니 하나 더 많은 것이 있다. 그것은 바로 '녹'이다. 특히 제주도는 밖에 물건을 놓아두면 한 달이 가지 못한다. 습도가 높고, 바람 때문에 비가 옆으로 내려 항상 빗물을 뒤집어쓴다. 또한 제주도의 바람은 바닷물을 머금은 해풍이기에 염분이 포함되어 있다. 바람은 사시사철 불어 제주도에서 녹은 생활이다.

예로부터 제주도에서는 '해안가에 집을 짓고 살면 안 된다.'라는 말을 했다. 지금은 세상이 바뀌어 해안가의 돌집들은 부르는 게 값이 되어버렸지만, 제주도를 관광하다 보면 알게 될 것이다. 해안가에 지어진 집들 대부분이 얼마나 낡고 녹이 슬어 있는지. 도시에서 제주도 해안가에서 사는 상상을 하며 큰 돈을 들여 지은 멋진 저택도 1년 후에 가 보면 10년이 넘은 집처럼 보인다.

우리 집은 해안가도 아닌 먼바다가 보이는 시골 마을에 위치해 있지만, 녹을 피할 수는 없다. 처음에는 고운 사포를 사서 녹이 슨 도구들은 일일이 벗겨 냈지만 지금은 포기했다. 그렇게 녹에 민감하면 제주도에서 살 수 없기 때문이다. 아내와 내가 올해 초에 차를 바꾸었는데, 벌써 브레이크 라이닝에 슨 녹을 보며 내 마음도 녹슬어 가는 것이 느껴졌다. 그러면서 다시 다짐했다.

'이제는 녹에서 자유로워지자. 초월해야겠구나.'

　제주도 이주를 꿈꾸는 사람들에게 이 말을 꼭 하고 싶다.

　"제주도가 삼다도라구요? 아니에요. 제주도는 바람, 돌, 여자 그리고 '녹'이 많은 사다도랍니다."

그 이름도 무서운 너, 태풍

○
●

　내 고향 대전은 종종 살기 좋은 도시로 손꼽히곤 한다. 실제 대전에 살며 태풍이나 홍수, 가뭄, 폭설 등 자연재해를 한 번도 겪은 적이 없다. 가끔 뉴스에서 자연재해로 난리인 지역이 방송에 나오면 실감이 나지 않았다. 충청도 사람들의 성격을 흔히 '뜨든 미지근하다.'라고 표현하는데 날씨 또한 그랬다. 어렸을 때는 이점이 대단한 자부심이었다. 교직 생활을 하면서 서울에서 살게 되었는데, 사람들이 많이 사는 곳에는 모두 이유가 있다. 서울도 날씨가 원만해서 사람이 살기에 좋았다. 그렇게 대전과 서울에서만 살아본 내가 섬에 살게 되었다.

　제주도는 언제나 태풍의 길목에 있다. 우리나라를 지나가는 태풍은 제주도를 거쳐야만 육지에 상륙할 수 있다. 태풍이 기세등등할 때 제주도를 거쳐 가고, 제주도에서 맹위를 떨치고 힘이 빠진 후에야 육지에 도착한다. 서울에 살 때 태풍이 오니 아파트 유리창에 테이프를 붙이라고 해서 해 보았지만, 태풍이 지나가면 항상 똑같은 생각을 했다.

'태풍은 언제 오는 거야?'

우리 가족은 2018년에 제주도로 이주를 했다. 그해 늦여름 제주도의 태풍을 처음 경험해 보았다. 우리 가족에게 찾아온 첫 태풍은 '솔릭'이었다. 저녁쯤에 찾아온 태풍은 나를 한숨도 자지 못하게 만들었다. 바람의 세기가 내가 태어나 처음 겪어본 강도였다. 그때 살던 집에는 커다란 나무가 많았는데 금방이라도 나무가 쓰러져 자동차와 집을 덮칠 것만 같았다. 창틀 사이로 쉴 새 없이 빗물이 스며들어 왔고 창문은 무섭게 흔들렸다. 태풍이 어찌나 천천히 이동하는지 저녁부터 맹위를 떨치던 태풍은 다음 날 오전이 지나도록 제주도를 벗어나지 않았다. 나는 12시간 이상의 시간을 공포에 떨어야 했다.

태풍이 지나가고 마당으로 나갔을 때, 개집 지붕이 날아가 그 안에서 강아지 '제주'가 낑낑거리고 있었다. 밖에 쌓아 두었던 물건은 이리저리 흩어져 정리하는 데 한참이 걸렸다. 정말 별 탈 없었다는 점에 감사했다.

우리 가족은 이렇게 공포에 떨며 태풍을 맞는데 놀라운 것은 제주 도민들의 반응이었다.

"뭐 이만한 태풍에 잠을 못 자요? 제주도에 살면 매년 겪는 일이에요. 이 정도 태풍은 아무것도 아닌데, 큰일이네."

제주 도민들은 우리를 '서울 촌사람' 보듯이 말했다. 태풍을 뚫고 출근을 한 아내는(제주도에서는 웬만한 태풍에는 절대로 휴교하지 않는다.) 퇴근 후에 기가 막히다는 듯이 말했다.

"우리 학교 OOO 선생님, 어제 태풍 왔는데 머리 말고 왔더라? 내가 태풍인데 무슨 머리냐고 했더니, 예약을 해서 어쩔 수 없었대."

내가 한숨도 자지 못하며 공포에 떨던 시간에 머리를 마는 클라쓰. 이것이 제주 토박이들의 경지였다.

우리 가족은 태풍 '솔릭'이 지나가고 얼마 되지 않아 태풍 '콩레이'를 맞았다. 그때도 물론 한숨 자지 못했다. 이후로도 태풍은 매년 찾아왔다. 2019년 다나스, 링링, 타파, 미탁, 2020년 마이삭, 하이선. 아마 올해 가을이면 여지없이 태풍 2~3개는 기본으로 제주도를 지나갈 것이다.

제주 이주 4년 차, 이쯤 되면 이주민도 제주도 날씨에 적응한다. 2019년에 네 개의 태풍을 두 달 사이에 겪으면서 우리 가족도 태풍에 단련이 되었다. 작년에 우리나라를 떠들썩하게 했던 태풍 마이삭과 하이선 때는 밤새 참 잘 잤다.

제주도에 살려면 제주도의 변덕스러운 날씨에 적응해야 한다. 제주도는 몇 분 전까지 햇빛이 쨍하다가도 비가 세차게 내리고, 금세 맑아진다. 바람은 항상 분다. 단지 약하게 부는지, 강하게 부는지의 차이일 뿐이다. 얼마 전 친하게 지내는 이웃이 한 말이 기억난다.

"형님, 저는 매년 기대되기도 해요. 이번 태풍은 얼마나 셀지. 작년보다 더 세려나 궁금하기도 하고."

이쯤 되어야 제주 도민이다.

태풍 '솔릭'이 우리나라를 벗어나 소멸하자마자 서울 학교에서 함께 근무했던 선배에게 전화가 왔다.

"제주도에는 태풍 안 왔지? 지금 서울은 바람도 안 불어. 비켜 갔나?"

이런 전화를 받을 때마다 야속하다. 저는 무서워 죽는 줄 알았거든요?

3

제주도
이주민의

제주 활용법

캠핑의 천국 제주도

○

제주도로 이주했다고 하면 육지에 있는 지인들은 꼭 이렇게 묻는다.

"골프 자주 치겠네요?"

"낚시하세요?"

내가 둘 다 안 한다고 대답하면 다시 이렇게 묻는다.

"그러면 제주도에서 뭐 하세요?"

골프와 낚시에는 관심이 없지만, 나도 한 가지 좋아하는 것이 있다. 그것은 캠핑이다. 서울에 살 때 캠핑을 시도한 적이 있었다. 장비도 꽤 비용을 들여서 장만했다. 하지만 딱 두 번 캠핑을 하고 근무하던 학교에 모두 기부했다. 지금 생각하면 아까워서 잠이 안 온다. 지난 일이지만 내가 서울에서 캠핑을 포기한 이유는 세 가지이다.

첫째, 캠핑장 예약이 너무 어려웠다. 서울 근교의 캠핑장 예약은 하늘의 별 따기다. 가까운 캠핑장에 가려면 며칠을 컴퓨터 앞에 있어야 했다. 둘째, 캠핑장까지 가는 데 시간이 오래 걸렸다. 금요일에 퇴근 후 교통지옥을 벗어나 캠핑장에 도착하면 벌써 하루가 거의 지나가 있었다. 저녁 늦게 텐트 치고 아침 11시까지 걷어야 하는데, 걷고 치다가 시간이 다 갔다. 이럴 거면 차라리 가지 않는 것이 낫다. 셋째, 아이들이 어렸다. 캠핑을 하기 위해서는 가족들의 협조가 필요한데 그때는 아이들 잡으러 다니기도 힘들었다.

제주도는 캠핑의 천국이다. 우선 멋진 뷰의 노지 캠핑장이 지천으로 널려있다. 성수기가 아니면 바다든, 오름이든 어느 곳에 텐트를 쳐도 뭐라 하지 않는다. 그리고 관광지이다 보니 무료 화장실이 많다. 캠핑에서 가장 중요한 것이 전기와 화장실이다. 전기는 안 쓰면 그만인데 화장실은 방법이 없다. 그래서인지 쾌적한 화장실 주변에는 캠핑카와 텐트가 많이 있다. 또한 캠핑장 예약이 어렵지 않다. 유명한 오토캠핑장도 넉넉하게 일주일 전에만 예약하면 된다. 당일에 예약이 되는 경우도 많다. 예약이 안 되면 그냥 바다 앞 공터에 치면 된다. 마지

막으로 캠핑장 가는 데까지 시간이 오래 걸리지 않는다. 제주도가 섬이다 보니 멀어 봐야 한 시간 이내이다. 그만큼 캠핑장에서 즐길 시간이 늘어난다. 이러한 이유로 제주도에 와서 다시 캠핑에 입문했다. 아이들도 어느 정도 커서 이제 다닐 만했다.

우리 가족이 제주에서 첫 캠핑을 시작한 곳은 '모구리 캠핑장'이었다. 이곳은 제주특별자치도청에서 운영하는 도립 캠핑장으로 성산읍에 위치해 있다. 전기와 온수를 마음껏 쓸 수 있는 오토캠핑장인데 1인당 입장료 2천 원 그리고 전기 사용료가 2천 원이어서 네 식구가 가면 1만 원이면 하룻밤을 잘 수 있다. 천혜의 자연환경 속에서 편리한 오토캠핑을 즐기는데 이 가격이라니, 전국 어디를 가도 이러한 곳은 찾기 힘들다. 그리고 곳곳에 어린이 놀이터가 설치되어 있어 처음 만나는 아이들끼리 친구가 되어 논다. 캠핑 기간 동안 아이들은 아이들대로 놀고, 어른들은 어른대로 캠핑을 즐길 수 있는 점이 장점이다.

제주도에서 가장 저렴한 곳이 '모구리 캠핑장'이라면 가장 고급스러운 곳으로 '어라운드폴리'다. 이곳은 하룻밤에 5~6만 원(성수기는 6~7만 원)이나 하는 곳이다. 요즘 호텔 숙박비가 워낙 저렴해서 비지니스 호텔과 캠핑장 사이트 하나의 비

용이 거의 비슷하다. 가격이 비싸지만 이곳은 제주도에서 가장 예약이 어려운 곳이다. 전국에서 시설로는 둘째가라면 서러운 곳이기 때문이다. 캠핑은 씻는 것, 화장실 문제 때문에 여성분들이 별로 좋아하지 않는 경우가 많은데, 이곳으로 오면 해결된다. 일류 백화점에 버금가는 화장실과 1인 샤워 시설을 경험할 수 있다.

이외에도 돌하르방캠핑장, 귤빛캠핑장, 교래자연휴양림, 붉은오름캠핑장, 함덕해수욕장, 금능해수욕장, 김녕해수욕장 등은 제주도에서 손꼽히는 캠핑 명소이다.

나는 제주도에 와서 캠핑의 참맛을 알게 되었다. 캠핑에 빠진 사람들은 알 것이다. 캠핑 장비를 주문하고 택배를 기다리는 심정, 택배 상자를 열 때의 설렘. 장비를 트렁크 가득 싣고 가서 땀을 뻘뻘 흘리며 텐트를 칠 때는 "내가 미쳤지. 집을 놔두고 무슨 고생이람, 다신 안 해!"라고 다짐을 하지만 복귀해서는 새 캠핑 장비와 더 좋은 캠핑 장소를 보고 있다. 이것은 캠핑 중독의 초기 증상이다.

그러다가 캠핑 장비가 늘어나서 차를 바꾸려 한다. 나도 차를 두 번이나 바꿨다. 캠핑을 가지 않는 날에는 허전해서 마당에라도 텐트를 쳐야 한다. 이것은 중증 상태이다. 여기서 더 나아가면 모든 캠핑 장르를 섭렵하려 한다. 텐트에서 카라반으로, 카라반에서 캠핑카로. 본인도 감당하지 못할 중독 말기가 되어야 끝이 보인다. 그 전에 누군가 말려야 한다. 난 지금 중증 상태이다.

캠핑장을 못 가는 날에는 마당에 텐트를 친다. 요즘은 목요일 밤만 되면 가슴이 뛴다. '이번 주말에는 어디 가지? 내일은 날씨가 좋다는데 캠핑장 예약할까?'라는 생각에 어릴 때 소풍 전날처럼 설렌다. 이런저런 이유로 캠핑장을 가지 못해도 괜찮다. 마당에 텐트를 치고 화로에 장작을 태우며 불멍을 하면 된다.

캠핑은 참 신기하다. 캠핑을 하면 그렇게 자주 먹는 바비큐가 더욱 맛있고, 거의 매일 먹는 맥주가 그토록 시원할 수 없다. 그리고 장작을 태우는 불장난은 또 어찌나 재미있는지. 제주도에 와서 매주 이렇게 캠핑을 즐기는 것을 보면 결국 나는 제주도에 올 팔자였나 보다. 글을 쓰는 지금도 잔디 위에 텐트를 치고 음악을 들으며 멍하니 장작불을 바라보고 있을 나를 상상하고 있다.

카니발 타고 제주도 차박 여행

○
●

지난 1월에 차를 바꿨다. 더 뉴 카니발 7인승, 이 차는 차박을 위한 것 외에는 아무런 이유가 없다. 제주도에 와서 한동안 캠핑에 빠져 차에 잔뜩 캠핑 장비를 싣고 이곳저곳을 찾아다녔는데 텐트를 치는 것이 힘에 부치기 시작했다. 캠핑의 끝은 캠핑카라는데, 캠핑카는 감당이 어려울 것 같고 현실적인 차박으로 눈을 돌렸다.

카니발 7인승은 3열 좌석은 밑으로 싱킹이 되어 들어가고, 2열은 레일 개조를 해서 앞으로 쭉 밀면 광활한 공간이 나온다. 2m가 넘는 사람도 충분히 누워 잘 수 있고 완벽한 평탄화가 가능하다. 그리고 국산 자동차 중 몇 안 되는 좌식이 가능

한 차이다. 절대로 머리가 닿지 않는다. 이러한 이유로 더 뉴 카니발 7인승은 중고차도 가격이 잘 내려가지 않는다. 나는 운이 좋게 주행거리 2만km에 1년밖에 안 된 거의 새 차를 합리적인 가격을 주고 사들였다.

차량을 구매 후 카니발 2열 레일 연장을 직접 했다. 하루의 시간을 온전히 잡아먹고 힘이 들긴 했지만 40만 원이라는 돈을 절약할 수 있고 무엇보다 DIY를 한 후의 보람을 느낄 수 있었다. DIY를 좋아하는 사람은 알 것이다. 그것이 단순히 돈을 절약하는 것이 아닌 뿌듯함을 느끼기 위한 것임을 말이다.

카니발을 산 후, 우리 가족의 주말은 완전히 바뀌었다. 차박은 큰마음을 먹고 가야 하지만 차크닉은 바로 떠나면 된다. 주말에 집에 있는 것이 지루하면 나는 가족들에게 눈빛으로 신호를 보냈다.

"차크닉, 갈래?"

요란하게 준비할 것도 없다. 먹을 것만 가지고 떠나면 된다. 우리 가족은 제주도 이곳저곳을 다니며 차 안에 앉아 편안하게 제주도를 즐겼다. 차크닉과 차박은 엄연히 다르다. 차크닉은 간단하게 한나절 쉬고 오는 것이지만 차박은 어찌 되었든 캠핑이다. 밖에서 밥을 해 먹고 잠을 자는 일이라 텐트를 제외하고는 필요한 물건도 같다. 차크닉이 익숙해질 때쯤 우리

가족은 차박에 도전했다.

마침 차크닉의 매력에 푹 빠진 아내도 15년 된 로체를 처분하고 쏘렌토로 바꾸면서 차 두 대로 차박을 간 것이다. RV 두 대로 간 차박, 우리 가족은 캠핑의 신세계를 경험했다. 미리 집에서 잠자리를 세팅한 까닭에 밥 먹는 것 외에는 준비할 것도 별로 없었다. 우리 가족이 첫 차박을 한 날, 편안하게 잘 잤다. 그 뒤로는 캠핑장 이곳저곳으로 차박을 다녔다. 차 두 대가 부담스러우면 조그만 쉘터를 도킹하여 나는 쉘터에서 야전 침대를 펴고 잤고 아내와 아이들은 차 안에서 토퍼를 깔고 호텔 부럽지 않게 잤다.

제주도에 살아 보니 제주도만큼 캠핑의 천국인 곳이 없다. 육지보다 오토캠핑장 예약이 쉽고, 어디든 텐트만 펼치면 멋진 캠핑장이 된다. 요즘 들어 루프 톱 텐트를 천장에 짊어지고 다니는 차들을 흔하게 볼 수 있다. 캠핑카나 카라반도 심심치 않게 보인다. 이들은 나보다도 더 캠핑에 빠진 사람들일 것이다. 예쁜 카라반을 볼 때마다 마음이 흔들리지만, 내 수준에는 딱 여기까지다. 제주도에 살면 언제, 어디서든 다양한 캠핑을 즐길 수가 있다. 매일 아침 카니발을 몰며 출근하는 것이 불편하고 부담스러울 때도 있지만 차박을 위해 감당해야 하는 수고다.

지난 주말에 곽지해수욕장으로 차박을 다녀왔다. 곽지해수욕장은 예쁜 바다가 눈앞에 있고, 넓은 주차장과 깨끗한 화장실이 있어 차박 장소로 제격인 곳이다. 관광객들이 돌아간 저녁이 되면 차박을 즐기려는 사람들이 하나둘 주차장으로 모여든다. 차박 세팅을 마치고 트렁크를 열면 펼쳐지는 곽지바다. 트렁크에 걸터앉아 곽지바다를 보며 마시는 맥주는 말로 설명이 불가하다. 바다가 지겹다면 오름 주차장으로 향하면 된다.

애월의 새별오름 주차장도 차박의 명소이다. 새별오름 위로 노을이 지는 모습을 차박을 하며 본다는 것은 아무나 할 수 있는 경험이 아니다. 오름 주변은 혼자서 조용히 캠핑을 즐기기에 좋다. 진정한 캠퍼들은 사람이 많은 오토캠핑장보다는 오름이나 바다가 보이는 언덕 등 노지 캠핑을 좋아한다. 아무런 간섭도 받지 않고 혼자만의 시간을 갖고 싶다면 새별오름으로 가면 된다. 제주 도민이 아니면 알 수 없는 차박 명소이다. 가을이 되면 억새까지 피어 장관이 펼쳐질 것이다.

날씨가 더워져 한동안 캠핑을 가지 못해 몸이 근질근질하다. 지금 나는 캠핑을 즐길 가을만 기다리고 있다. 날씨가 선선해지는 가을이 되면 나는 여지없이 카니발을 몰고 제주도 이곳저곳을 여행할 것이다.

제주도의 맛, 한치와 방어

○
●

　많은 관광객이 제주도를 여행할 때 제일 먼저 생각나는 음식으로 아마 제주 흑돼지와 신선한 회를 말할 것이다. 제주도에 와서 회를 먹는다면 무엇을 고르겠는가? 만약 참돔이나 다금바리, 광어, 우럭 이런 것을 떠올렸다면 아직 제주도에 대하여 잘 모르는 것이 분명하다. 그런 횟감들은 제주도에서만 볼 수 있는 것들이 아니고 대부분 양식이다. 다금바리는 잘 잡히지도 않는다.

　제주도에서 꼭 맛봐야 할 회가 있다. 바로 한치와 방어다. 나는 매년 5월 말이 되면 설렌다. 바로 한치 시즌이 돌아왔기 때문이다. 한치는 제주도에서만 맛볼 수 있는 회이다. 한치는

5월 말에서 8월 초까지만 잡히는데 석 달 남짓한 기간만 맛볼 수가 있다. 한치가 맛있는 이유는 양식이 없기 때문이다. 제주도에 살며 알게 된 것인데, 날씨가 좋아 한치 배가 뜬 다음 날은 제주도 전역에 한치회가 깔린다. 날씨가 궂어 배가 뜨지 못한 다음 날은 한치회를 보기가 어렵다. 그래서 신선한 한치회를 먹으려면 날씨를 봐야 한다.

제주도 옛말에 '한치가 쌀밥이라면 오징어는 보리밥이고, 한치가 인절미라면 오징어는 개떡이다.'라는 말이 있다. 한치에 대한 제주 도민의 사랑은 특별하다. 실제로 유명한 횟집은 관광객으로 넘쳐나지만, 한치 시즌에는 횟집에서 제주 도민도 흔하게 볼 수 있다. 한치회는 회를 좋아하지 않는 사람들도 그 맛을 인정한다. 꼬들꼬들 씹히는 식감과 씹을수록 단맛이 도는 그 맛은 한 번 맛보면 다시 생각이 난다.

아내와 아이들까지 우리 가족 모두 한치회를 좋아하는데 특히 딸이 유달리 좋아한다. 딸은 주기적으로 "아빠, 한치 사러 가자."라며 나를 애월항으로 이끈다. 제주도에 사는 특권으로 나의 여름 소주 안주는 언제나 한치회이다. 이보다 풍족할 수가 없다.

여름에 한치가 있다면 겨울에 제주도에는 방어가 있다. 방어는 크기에 따라 소방어(3kg 미만), 중방어(3~5kg), 대방어

(6kg 이상)로 나뉘는데, 특히 대방어는 그 맛이 일품이다. 제주도 방어가 유명한 이유는 크기 때문이다. 동해와 남해에서 방어가 잡히기는 하지만 크기와 식감은 제주도 대방어를 따라갈 수가 없다. 우리나라에서는 아직 방어를 양식하고 있지 않아 제주도에서 맛볼 수 있는 방어는 모두 자연산이다. 대방어는 부위별로 그 맛이 다 달라서 여러 가지 맛을 경험할 수 있다. 우리 가족은 방어의 맛을 본 이후, 방어 사랑에 빠졌다. 한치회가 들어간 8월 말부터는 방어회를 기다린다.

제주도에 내려온 첫해, 크리스마스를 특별하게 보내고 싶어 성산읍에 있는 골든튤립이라는 호텔의 디너 파티를 예약했다. 중저가 호텔이라서 디너 파티의 가격도 일반 패밀리 레스토랑의 가격이랑 비슷했는데, 우리 가족은 매년 크리스마스 시즌이면 이 호텔의 디너 파티를 예약한다.

그 이유는 단 한 가지이다. 방어를 무한으로 맛볼 수 있기 때문이다. 이곳에서는 크리스마스 행사로 '대방어 해체쇼'를 진행하는데 어마어마한 크기의 대방어를 해체하는 것도 재미있고 신기한 일이지만, 방어의 모든 부위를 맛볼 수 있는 흔치 않은 기회이다. 방어 맛을 제대로 보면 그 맛을 절대로 잊을 수 없다. 담백하고 고소한 맛과 쫄깃한 식감은 방어가 돌아오는 겨울을 기다리게 한다.

지난주, 딸 아이와 애월항에 다녀왔다. 일주일에 한 번씩 한 치회를 사러 가다 보니 주인도 이제 내 얼굴을 알아본다.

"아이고, 또 왔어요? 제주 사람 다 되었네. 제주 토박이들은 한치회랑 방어회만 먹어요."

딱새우까지 덤으로 주시는 주인아주머니의 푸근한 인심을 느끼며 그날 저녁 1kg의 한치회를 우리 가족은 순식간에 해치웠다. 이렇게 맛있는 회를 먹을 때면 제주살이가 살맛 난다. 여름을 풍족하게 만들어 준 한치 시즌이 지나가고 있다. 이제 방어회를 기다릴 시간이다. 벌써 입안에 침이 고인다.

가을 억새의 향연, 산굼부리

시간만 있으면 비행기를 타고 제주로 향하는 여행자라면 모두 알고 있는 사실이 있다. 그것은 제주도를 관광하기에 가장 좋은 계절이 가을이라는 것이다. 제주도를 찾는 인원이 가장 많은 계절은 여름이다. 뉴스를 보니 휴가철에는 하루에 제주도를 찾는 관광객이 평균 4만 명이라니 얼마나 많은 인원이 오는지 실감이 간다. 하지만 제주도의 여름은 매우 덥다. 우리나라 최고 남쪽에 있는 섬이니 더운 것은 당연하다. 거기에 더해 제주도는 여름에 습하다. 고온다습, 초등학교 고학년 사회 시간에 자주 나오는 날씨를 나타내는 이 낱말에 적합한 곳이 제주도이다.

사계절 중 제주도에서 최고의 계절은 가을이다. 가을이 최고의 계절인 이유는 일단 날씨 때문이다. 날씨가 맑고 화창하니 습하지가 않다. 가을은 하늘이 높고 파란 계절이라고 하는데 제주도의 하늘은 그 이상이다. 하늘이 맑을 뿐 아니라 각양각색의 멋진 구름이 파란 도화지에 하얀 그림을 그려놓은 것만 같다. 덥지도 춥지도 않고, 놀러 다니기 가장 좋은 계절인 가을, 그래서인지 이 기간에는 젊은 사람들보다 중년분들이 제주도를 많이 찾는다. 아마도 오랜 경험에서 제주도의 가을에 대하여 잘 알고 있기 때문일 것이다. 한라산을 등반하기도 가장 좋고 오름에 오르기도 좋다. 물속에 들어가지는 못하지만, 바라보기에는 가을 바다도 멋지다.

나도 사계절 중 제주도의 가을을 가장 좋아한다. 이유는 바로 억새 때문이다. 제주도로 이주하기 전, 나도 주로 여름에 제주도를 와서 억새에 대하여 잘 알지 못했다. 하지만 제주도에 살면서 억새가 주는 아름다움에 감탄했다.

갈대와 비슷한 모습이지만 억새는 알고 보면 완전히 다르다. 억새는 갈대와 비교해 하얀색을 띠고 솜털처럼 부드러운 느낌이 든다. 반면에 갈대는 갈색빛을 띠고 거칠고 빳빳하다. 갈대는 바람에 거칠게 흔들리지만, 억새는 바람을 따라 호수처럼 잔잔하게 일렁인다. 억새가 핀 곳을 지나면 파란 가을 하늘 아래 하얀 억새가 춤을 추는 것처럼 움직이는 것을 볼수 있다. 억새의 멋진 풍경을 만끽하고 싶으면 제주도 오름의 70%가 몰려있는 제주도 동쪽을 가면 된다. 구좌읍에는 제주도의 유명한 오름들이 모여있는데, 금백조로를 따라 드라이브를 하면 길가에 핀 멋진 억새를 구경할 수 있다. 그래서인지 금백조로는 가을이면 억새를 구경하러 온 관광객들 차량으로 혼잡하다.

나는 길옆에 핀 억새도 좋아하지만, 억새를 보기 위해 가을에 꼭 찾는 곳이 있다. 바로 산굼부리이다. 산굼부리는 천연기념물 제263호로 지정된 분화구로, 세주도의 오름 중 유일하게 입장료를 받는 곳이다. 그만큼 역사와 지리적으로 의미가 있는 곳이다. 한라산의 백록담보다 크고, 용암이나 화산재의 분출 없이 분화구가 생긴 마르(Marr)라는 세계적으로도 희귀한 분화구라는 것은 나에게 그리 중요하지 않다. 내가 산굼부리를 찾는 이유는 오직 억새 때문이다.

산굼부리는 낮고 완만한 오름인데 분화구를 보러 가는 길에 핀 가을 억새는 사람들을 그냥 지나치지 못하게 한다. 너나할 것 없이 걸음을 멈추고 억새밭에 들어가 사진을 찍기에 바쁘다. 나는 산굼부리에 핀 억새를 보면 솜이불이 생각난다. 부드러운 억새 위에 누우면 따뜻하고 편하게 잠이 들 것 같다.

산굼부리 정상에 올라 유명한 분화구를 보고 주위의 멋진 풍경을 바라보면 이곳을 다시 찾을 수밖에 없다. 조금 오래된 영화이지만 장동건과 고소영의 〈연풍연가〉라는 영화를 보면 산굼부리가 자주 나오는데 반가운 것은 그때 영화에서 보았던 산굼부리가 아직 그대로라는 것이다. 세월은 흘렀지만 산굼부리는 변하지 않았다.

축제와 같은 제주도 여름이 지나가면 조용하고 감성적인 가을이 찾아온다. 가을철 뉴스를 보며 연일 설악산과 지리산 등 단풍 명소를 찾아다니는 등산객의 모습을 볼 수 있다. 제주도는 알록달록 한라산을 물들인 단풍 외에도 들판을 하얗게 물들이는 억새도 볼 수 있으니, 가을철 제주도를 찾는 사람들에게 풍족한 선물을 안겨 주는 것 같다.

굴 무료로 따 가세요!

○
●

제주도의 겨울은 외롭다. 도시는 해가 지면 활기가 피어나지만, 제주도는 해가 지면 모두 잠이 든다. 특히 겨울은 해가 짧아 더욱 일찍 잠이 든다. 무엇보다 관광지로서 비수기이기에 상점은 일찍 문을 닫고 아예 영업을 않는 곳도 수두룩하다. 제주 도민 중에는 봄에서 여름까지 성수기에만 장사를 하고 가을과 겨울에는 해외에서 시간을 보내는 사람들이 있다. 성수기에 바짝 벌고 나머지 시간에는 본인을 위해 시간을 쓰는 것이다.

제주도를 좋아하는 우리 가족이지만, 겨울에는 심심하다. 아내와 내가 할 수 있는 일은 저녁 일찍 맥주 한잔을 하는 것

뿐이다. 그래서인지 아내와 나는 겨울이면 사이가 좋아진다. 하지만 집안에서 가족 얼굴만 보고 사는 것도 하루 이틀이지 답답한 것은 어쩔 수 없는 일이다. 겨울에 무엇을 해야 가족과 알차고 재미있는 시간을 보낼 수 있을까? 고민 끝에 가족과 함께할 수 있는 일을 찾아냈다. 바로 감귤 따기이다. '노동을 하는 것이 뭐 대단한 일이냐고?'라고 묻는다면, 제주에서 감귤 따기에 대하여 잘 모르기 때문이다.

혹시 귤밭에 직접 들어가 감귤을 따서 그 자리에서 먹어본 적이 있는가? 그 맛은 약품 처리를 마치고 며칠씩 걸려 도시에 온 귤과 차원이 다르다. 도시에서 보는 귤은 반들반들한데 실제 제주도에서 수확하는 귤은 거칠고 못생겼다. 깔끔하게 광이 나는 귤은 모두 육지로 보내기 전 유통을 위해 약품 처리를 한 것들이다. 우리 가족은 겨울에 제주도 한 달 살이를 할 때 감귤 체험을 하며 진정한 감귤의 맛을 알게 되었다.

감귤 수확 철이면 항상 일손이 달리는데 그래서 부족한 일손을 해결하는 방법으로 관광객이 직접 수확하는 방식을 선택하고 있다. 난 개인적으로 참 좋은 방법이라고 생각한다. 감귤밭에서 몇 시간을 있든 그 안에서 먹는 것은 무한 공짜이다. 감귤밭에 들어가기 전에 한 사람당 하나씩 작은 봉투나 바구니를 주는데 그 안에 채워오는 것만 가져갈 수 있다. 체

험비에 대한 본전을 생각하면 많이 먹고 나올수록 이익이다. 그리고 내가 따고 싶은 탐스럽고 맛나 보이는 감귤만 골라서 집으로 가지고 올 수 있다는 것이 큰 장점이다. 또한 아이들과 노동의 의미와 땀의 대가를 느끼고 배울 수 있으니 교육적으로도 좋다. 실제로 전지가위를 들고 귤 따기에 집중하는 아이들을 보면 부모로서 대견함이 느껴진다.

제주도에 오래 살다 보니 이제는 감귤 농장 주인과도 지인이 되어 우리 식구가 가면 귤을 한 박스 가득 담아 공짜로 차에 실어 주신다. "어차피 많아서 안 가져가시면 버려야 해요." 라고 말하는 주인의 말에 인심이 느껴진다.

'귤을 사서 먹으면 아직 제주 도민이 아니다.'라는 말이 있는데 우리도 점점 얻어먹는 귤이 많아지고 있으니 도민이 되어가는 모양이다. 실제로 작년에는 한 번도 귤을 돈 주고 사 먹은 적이 없다. 제주도는 귤이 흔하다. 일손이 부족해 수확하지 못해 버려지는 귤도 많고, 겨울철이면 관공서나 상점에서 공짜로 귤을 가져갈 수 있도록 박스채 가져다 놓는다. 재미있는 것은 귤을 양쪽 주머니 가득 챙겨오는 사람은 우리 가족밖에 없다는 것이다.

겨울철이면 나는 매일 아침 강아지 '제주'를 산책시키며 동네에 있는 주인 없는 감귤밭에서 한 주머니 가득 귤을 따온다. 나만 그 감귤밭에 관심이 있지 동네 사람 누구도 관심이 없다. 결국, 겨울이 지나 봄이 오면 떨어진 귤들이 썩어 간다. 내 눈에는 진짜 아까운데 제주도에는 그러한 귤밭들이 흔하다. 내가 애용하는 '당근마켓'에 보면 가끔 이런 문구가 올라오기도 한다.

'귤 무료로 따 가세요. 채팅 주시면 주소 알려드립니다.'

제주도는 귤과 떼려야 뗄 수 없는 곳이다. 겨울철 제주도를 상상할 때 돌담 너머 열린 탐스러운 귤들이 생각나고, 관광객들이 제주도에 오면 한 박스씩 꼭 사 가는 것이 귤이다. 귤은 제주 도민에게 소중한 소득원이자 자부심이다. 만일 겨울에 제주도를 온다면 제주도 귤밭에서 감귤 체험을 꼭 해 볼 것을 권한다. 아이가 있는 가족이라면 더욱 체험해 보기를 바란다. 아마 가족 간에 소중한 추억이 생겨날 것이다. 그리고 겨울에 제주살이를 경험하다 보면 또 모를 일이다.

"거, 귤 무사 사먹우꽈? 그냥 따먹읍쫘."라며 친해진 제주 도민 덕에 맛있는 귤을 공짜로 먹는 경험을 할지 모른다.

이 귤은 공짜가 아닌가요?

○
●

귤이 풍족한 제주도이지만, 공짜로 얻기 힘든 귤들은 따로
있다. 바로 한라봉, 카라향, 레드향, 황금향, 천혜향과 같은
개량형의 귤이다. 제주도 이주 4년 차, 아직도 나는 한라봉
외에 나머지를 구별하기가 여간 어려운 게 아니다.

농장 주인들은 맛과 생김새가 분명 다르다고 하는데, 내 입
맛에는 다 달고 맛있고, 모양도 거기서 거기다. 제주도 농가에
서는 단가가 낮아 수익이 나지 않는 노지 감귤보다는 이러한
개량종으로 수익을 올리려고 노력한다. 1년 동안 애지중지 키
웠으니 공짜로 주기에 아까운 것은 당연한 일이다. 그래서인
지 산지인 제주도에서도 이러한 품종은 비싸다. 우리와 친하

게 지내는 농장 주인도 우리가 가면 한라봉이나 레드향을 살 때 덤으로 더 주기는 하지만, 공짜로 주려 하지는 않는다.

개량형의 귤들이 아무리 맛 좋고 고급이라고 해도 내 입맛에는 역시 노지 귤이 최고다. 까서 먹고, 갈아 먹고, 끓여 먹고, 잼을 만들어 먹고, 구워 먹고(귤을 숯에 구워 먹으면 귤 차처럼 진짜 맛있다.) 먹을 수 있다. 이처럼 먹는 방법만 다양하게 하면 한겨울 내 맛있는 귤과 함께 보낼 수 있다. 하지만 이것도 내가 이주민이기에 그런 것이다. 제주 토박이분들은 귤이 지겨운지 잘 먹지 않는다. 아무렴 어때? 나는 맛있기만 한 것을.

가을에 제주도 남원 쪽을 여행할 때 가로수에 열린 엄청나게 큰 귤을 보고 놀랐다.

'와, 역시 제주도다. 귤이 가로수네? 저거 하나 따서 먹으면 배부르겠다.'라고 생각했는데 나중에야 그것이 하귤이라는 것을 알았다. 하귤은 주로 4~5월에 수확하는데 그냥 먹으면 쓰고 맛이 없다. 성인 주먹만 한 하귤은 주로 귤청을 만들어 차로 먹거나 하귤에이드로 만들어 먹는다. 아내가 제주도 파견 교사로 내려와 처음 근무했던 학교가 남원에 있는 학교였는데 그 학교에는 교목이 하귤이었다. 학교 전체를 뒤덮은 하귤을 보며 '이 많은 하귤을 어쩌려고 그러나.'라고 생각했는데 수확 철이 되자 남원읍 주민들이 모두 수확해 갔다.

PHOTO | 이 귤은 공짜가 아닌가요?

그 덕에 아내도 한 박스 집에 가져올 수 있었다. 그냥 먹지도 못하고 어떻게 할 줄 모르고 있을 때 마침 제주도에 내려오신 장모님께서 하귤 청을 담아 주셨다. 처음에는 맛있게 차로 마시곤 했지만, 양이 너무 많아 나중에는 곰팡이가 펴서 모두 버렸다. 이처럼 제주도는 하귤도 풍족하다.

제주도에 산다고 하니 육지에 사는 지인들이 "야, 귤만 보내지 말고, 한라봉이나 레드향 같은 것 좀 보내 봐. 제주도에 사니까 동네 사람들한테 얻을 수 있을 것 아니야?"라고 말한다. 제주도에 살면 귤과 비슷하게 생긴 것들은 모두 공짜로 얻는 줄 안다. 이제야 겨우 노지 감귤 정도는 사 먹지 않게 되었는데, 제주도를 몰라도 너무 모른다. 이런 말은 지인인 제주 도민에게 손절당하기 쉬운 말이니 주의해야 한다. 귤 농사를 짓는 제주 도민에게 한라봉, 카라향, 레드향, 황금향, 천혜향은 본인들도 먹기 아까운 금쪽같은 존재이다. 만일 제주도의 지인과의 관계를 이어가고 싶다면 이렇게 말하기를 바란다.

"한라봉 한 박스만 보내 줄래? 당연히 계산은 내가 하지."

이렇게 하면 육지에서 보기 힘든 좋은 품질의 한라봉을 맛볼 수 있으며, 간혹 노지 감귤도 덤으로 받을 수 있을 것이다.

성산이 그립다

○
●

 제주도는 크게 북쪽, 남쪽, 서쪽, 동쪽, 중산간으로 나눌 수 있다. 제주도는 어느 곳을 가더라도 그곳 나름의 멋스러움이 있다. 한 곳도 예쁘지 않은 곳이 없다. 그래서인지 제주 토박이분들에게 "제주도에서 어디가 가장 좋아요?"라고 물으면 모두 자기들이 사는 곳을 말한다.

 사람마다 기호는 다르지만, 제주도의 유명한 관광지가 몰려있는 곳이 동쪽이라는 것에는 이견이 없다. 김녕해변, 함덕해변, 월정리해변, 세화해변, 평대해변, 광치기해변, 신양해변, 섭지코지. 나열하기 힘들 정도로 멋진 바다가 동쪽에 있다. 오름은 어떠한가? 용눈이오름, 다랑쉬오름, 아부오름, 백약이오름, 안돌오름. 제주도 대부분의 오름이 제주도 동쪽, 특히 구좌 쪽에 있다. 쉽게 말해 제주도 동쪽에서는 눈만 돌리면 우리나라 최고의 풍경이 펼쳐지는 것이다.

3년 전 우리 가족이 제주도에 처음 정착한 곳은 성산읍이었다. 성산은 제주도에서도 가장 시골이다. 무 농사와 당근 농사를 많이 짓고, 관광객은 많지만, 주민들은 별로 없다. 우리 가족은 2층 방에서 성산일출봉과 우도를 한눈에 볼 수 있는 단독주택을 뭔가에 홀린 듯이 계약했다. 성산에 있는 동안 나는 육아 휴직을 하고, 아내는 파견 교사로 근무를 했는데 제주도 남쪽 남원읍에 발령이 난 아내는 매일 35km가 넘는 거리를 왕복 운전해야 했다. 서울에서 태어나 다른 곳에서 생활해 본 적이 없는 아내는 낯선 제주도 생활을 상당히 힘들어했다. 아내의 고단한 한숨 소리에 내 마음도 내려앉았다. 모든 것이 나 때문이었다.

아내가 제주도 생활을 힘들어 할 때마다 나는 아내를 차에 태우고 제주도의 동쪽 해안도로를 달렸다. 제주도에서 가장 긴 해안도로는 성산읍 오조리에서 구좌읍 김녕리까지 이어진 '해맞이해안로'이다. 바닷가를 따라 자그마치 27.8km나 이어진 해안도로는 차 안에서 제주도의 동쪽 바다를 감상할 수 있다. 제주도 서쪽, 하귀애월해안로도 있지만 그 길이가 해맞

이해안로와 비교할 바가 아니다. 음악을 틀어 놓고 해맞이해 안로를 달리면 아내의 힘들고 고단한 마음이 조금은 누그러 졌다. 그것이 내가 해줄 수 있는 유일한 일이었다.

성산에 사는 2년 동안 힘든 일이 많고 마음의 여유도 없었 지만, 우리 가족은 그때 제주도를 가장 잘 누렸다. 시간만 나 면 광치기해변, 섭지코지, 성산일출봉을 갔고 해안도로를 달 렸다. 운전해서 10분이면 갈 수 있는 그곳이 우리의 앞마당이 고 동네였다. 고된 제주살이에 대한 보상이라도 받듯이 제주 도 이곳저곳을 찾아다녔다. 다랑쉬오름, 거문오름, 용눈이오 름, 백약이 오름, 아부오름 등 내가 가본 오름은 모두 성산에 살 때 가 본 곳들이다.

시련은 사람을 힘들게 하지만 성장하게도 한다. 제주도에 내려온 첫해, 아버지가 돌아가셨다. 아내가 힘들어 하고 아들 이 학교에 적응하기 힘들어 하는 등 시련은 한꺼번에 닥쳐왔 다. '내 선택이 잘못된 것은 아닌가?'라는 생각에 자괴감이 밀 려들었다. 이대로 다시 서울에 돌아갈 수도 있다는 생각에 앞 이 캄캄했다.

하지만 모든 길에는 입구가 있듯이 출구가 있다. 우리 가족 은 힘들고 어두운 길을 무사히 지나왔고 지금은 행복하다. 사 람의 마음이 참 간사해서 생활이 안정되니 예전만큼 제주도의 이곳저곳을 찾지 않는다. 편리한 집으로 이사를 하니 굳이 밖에 나가지 않아도 좋다. 하지만 성산에 사는 동안 우리 가족은 많이 성장했다. 힘들 때마다 바라본 제주도 동쪽 바다의 모습은 지금도 마음속에 선명하게 박혀 있다. 오름 정상에서 제주도를 바라볼 때 느꼈던 감동은 제주도를 더욱 사랑하게 했다. 한동안 가 보지 못한 성산이 그립다.

제주 도민은 호텔을 좋아한다

○
●

"제주도 살면서 호텔을 왜 가? 놀다가 집에서 자면 되지."

우리 가족이 주말에 가끔 호텔에 간다고 하면 육지에 사는 지인들은 모두 이렇게 말한다.

"제주도 호텔은 관광객들이 여행하려고 어쩔 수 없이 묵는 것 아니야?"

이렇게 말할 수 있지만, 제주 도민에게 호텔은 육지 사람들이 생각하는 것 이상의 의미가 있다. 처음에 제주도에 이주했을 때는 나도 몰랐지만 지금은 충분히 이해한다.

제주 도민들은 호텔에 자주 놀러 간다. 이주민뿐만 아니라 제주 토박이도 마찬가지이다. 내가 아는 제주도 선생님 중에는 주말에 호텔 다니는 것이 유일한 낙이라고 말하는 분도 있다. 처음에 제주도로 이주했을 때 집을 잘못 구해서인지 아내는 주말마다 호텔에 가려고 했다.

"집에 있으면 쉬는 것 같지가 않아."

아내의 말에 탐탁지 않았지만, 미안한 마음에 따라가 주었다. 그러는 사이 나도 호텔이 주는 매력에 빠져버렸다. 좁은 공간이지만 호텔이 주는 편리함과 서비스, 세탁된 침대 시트의 빳빳하고 쾌적한 느낌은 집에서는 절대로 누릴 수 없다. 내가 제주도에 살면서 새롭게 알게 된 것 중의 하나가 제주 도민들도 관광객처럼 놀고 싶어 한다는 것이다. 캠핑장이나 호텔에 가면 관광객보다 제주 도민이 더 많을 때도 있다.

'제주도에서 태어나고 자랐는데 뭐 특별할 게 있겠어?'라고 생각한다면 오산이다. 제주도에서 나고 자란 토박이일수록 호텔과 캠핑을 좋아한다. 육지로 여행 가는 것이 쉬운 일은 아니기에 휴일이 되면 제주도 어디든 놀러 다니고 싶은 것이다. 아무리 좋은 집에 살아도 집은 집이다. 집을 벗어나야 여행 기분이 난다.

제주도 호텔의 매력을 꼽으면 첫째, 가격이 저렴하다. 제주도가 유명 관광지이다 보니 호텔이 많다. 깔끔한 시설의 호텔을 저렴한 가격에 누릴 수 있다. 특히 한여름 같은 성수기만 피하면 프리미엄급의 호텔도 합리적인 가격에 묵을 수 있다. 주중에 시간이 있어 호텔을 갈 수 있다면 더 좋다. 분명히 놀라운 가격에 호텔을 사용할 수 있을 것이다.

둘째, 여행의 콘셉트에 따라 누릴 수 있는 호텔이 다양하다. 나는 호텔에 갈 때 목적을 분명하게 정한다. 단순히 잠을 자기 위한 것인지, 호텔을 즐길 목적인지가 중요하다. 또한 물놀이를 할 것인지, 아닌지도 중요하다. 여행의 콘셉트와 목적을 어디에 두느냐에 따라 누릴 수 있는 호텔과 금액이 다르다. 동문시장이나 올레시장과 같은 전통 시장 여행이 콘셉트면 도심의 저렴한 비지니스호텔을 예약하고, 조용하게 지내다 오고 싶으면 중산간에 있는 호텔을 예약한다. 물론 시티 뷰냐, 바다 뷰냐에 따라 금액이 달라지는 것은 어쩔 수 없지만 말이다.

셋째, 어느 호텔이든 이동의 부담이 적다. 제주도가 큰 섬이긴 하지만 길어 봐야 한 시간 이내이다. 여행은 복귀하면 여독이 있기 마련인데 제주도에 집이 있는 도민들에게 여독은 상대적으로 덜하다. 마음만 먹으면 오늘이라도 당장 호텔을 잡아 떠날 수 있어 여행에 대한 부담이 적다. 집에 급한 일이 생기면 잠시 들르면 그만이다.

제주 도민들은 이러한 이유로 호텔을 좋아한다. 제주도에 살며 저렴한 비용으로 언제든 제주도의 호텔을 누릴 수 있다는 것은 도민만이 가진 특권이다.

익숙하다는 것은 편하다는 것이지만 상대적으로 특별함이 사라지는 것을 의미한다. 아무래도 제주도에 오래 살다 보면 제주도에 대한 특별함과 설렘이 줄어들기 마련이다. 가끔 호텔에 가면, 제주도의 아름다움을 다시 느끼기도 한다. 제주도가 익숙해진 나머지 제주도의 매력을 잊어버린 제주 도민이 있다면 지금이라도 당장 호텔로 떠나기를 바란다.

PHOTO | 제주 도민은 호텔을 좋아한다

표선해수욕장의 추억

○
●

2017년 여름, 우리 가족은 2주 동안 제주살이를 했다. 지금도 제주 한 달 살이가 유행이지만 그때는 지금과는 비교할 수 없을 정도로 뜨거웠다. 영화 〈건축학개론〉과 TV 프로그램 '효리네 민박'은 제주살이 열풍에 불을 지폈고, 각종 제주 여행 책들이 쏟아져 나왔다. 장기간 지낼 숙소를 구하는 것이 하늘의 별 따기일 정도로 어려웠다. 한 달 살이 집은 모두 만실이었고, 특히 제주의 특색을 살린 돌집과 마당이 있는 주택은 이미 몇 달 전에 예약이 끝나 있었다.

나는 며칠을 검색하고 전화한 끝에 표선해수욕장 앞에 있는 빌라를 빌렸다. 14박 15일 비용이 98만 원이었는데, 주택도 아닌 방 2개 빌라 가격 치고는 매우 비쌌다. 하지만 그거라도 있는 것에 감사했다. 단독주택을 구하지 못해 아쉬웠지만, 결과적으로는 깔끔한 신축 빌라에서 2주간 묵은 것은 잘한 일이었다. 걸어서 읍내에 바로 도착할 수가 있었고 주변에 편의점, 베이커리, 마트 등 편의시설이 어느 정도 갖추어져 있었다. 무엇보다 표선해수욕장이 바로 코앞에 있었다.

표선해수욕장은 아이가 있는 가족들이 물놀이 하기에 안성맞춤인 곳이다. 해변을 따라 파라솔이 꽂힌 돌로 된 탁자가 있어 편하게 의자에 앉아 휴가를 즐길 수 있다. 물이 차오르는 밀물 때는 돌 탁자 바로 밑까지 물이 들어오는데, 가까운 곳에서 아이들이 물놀이를 할 수 있어 안전하다. 표선해수욕장은 썰물 때 어마어마한 백사장이 펼쳐진다. 표선해수욕장을 해비치 해변, 하얀 모래 해변이라고 부르는데 드넓고 둥글게 펼쳐지는 하얀 모래 해변은 장관이다.

지금은 코로나 19의 여파로 축제를 하지 않지만 해마다 표선해수욕장에서는 '하얀 모래 축제'가 열릴 정도로 유명하다. 저녁이 되면 하늘은 빨갛게 노을이 지고, 하얀 모래 해변은 반짝반짝 빛이 난다. 멀리 펼쳐진 바다까지 관광객들은 표선해수욕장의 풍경에 모두 넋을 잃는다.

우리 가족은 2주간의 제주살이 동안 거의 매일 표선해수욕장을 드나들었다. 걸어서 5분이면 도착하는 거리를 어깨에 튜브와 물놀이 도구를 메고 걸어갔다. 25,000원만 내면 파라솔이 쳐진 돌 탁자를 하루 종일 전세를 내고 사용할 수 있으니 이보다 경제적인 피서도 없었다. 물놀이를 하다 배가 고프면 탁자에 놓인 전단지를 보고 치킨을 시켰는데 신기하게 배달하시는 분들은 정확하게 우리의 위치를 찾아 내어 가져다 주었다. 놀다가 배고프면 물에서 나와 배를 채우고, 다시 물에 들어가고. 아이들은 종일 놀았다.

아내와 나는 탁자 앞에 앉아 맥주를 마셨는데, 표선바다를 바라보며 마시는 맥주의 맛은 환상적이다. 예전에 제주도로 여행 오면 대부분 3박 4일 정도의 짧은 일정으로 왔는데, 이곳저곳 한 곳이라도 더 가야 하기에 여유가 없었다. 하지만 14박 15일의 일정은 여유 있게 제주도를 즐기기에 충분했다.

'무엇이 중요해서 가족들과 이런 시간도 마음 놓고 보내지 못했던 걸까?'

물놀이를 하는 아이들의 밝은 표정을 보며 가족과 있어 행복했다. 표선에서의 시간이 빨리 지나가지 않기를 바랐다.

제주도에 이주한 후 지금도 여름만 되면 표선해수욕장을 간다. 그곳에 가면 서울에서 지쳐 있다가 표선바다를 보며 행복을 느꼈던 내 모습이 생생하게 떠오른다. 아이들을 양팔에

한 명씩 끼고 숙소에서 뒹굴며 행복해하던 내 모습이 생각난
다. 내 품에 안겨 세상을 다 가진 듯 웃어 대던 아이들의 웃음
소리가 선명하다.

마음이 복잡하면 카페에 간다

○
●

　제주도는 카페가 많다. 많아도 너무 많다. 제주도가 사면이
바다인 아름다운 섬이다 보니 멋진 뷰가 있는 곳에는 여지없
이 카페가 들어서 있다. 해안가를 따라 늘어선 카페들. 헤아
릴 수 없이 많은 카페를 보며 '이 많은 카페가 장사가 될까?'라
는 의문을 항상 가진다. 하지만 제주도 카페는 항상 사람들로
북적인다. '코로나 19로 인한 불경기?'라는 말은 제주도와는
상관없는 이야기다. 내가 제주도에 살며 요즘처럼 관광객이
많았던 적은 없었다. 지금 제주도는 호황기다.

　육아 휴직이 끝나고 내가 다시 출근하자 아내는 남은 육아
휴직 1년을 썼다. 제주도에서 고생한 것도 있고, 나는 흔쾌히

쉬라고 했다. 공무원 남편 만나서 항상 쪼들리며 산 아내에게 미안했다. 무급 휴직을 하는 아내에게 드라마에서나 나올 법한 일을 한번 해 보았다. 그것은 내 명의로 된 신용 카드를 주며 말하는 것이었다.

"자, 이거 써!"

무뚝뚝한 아내가 비록 아무 말도 하지 않았지만, 잠시 흔들리는 눈빛 속에서 나는 아내의 마음을 읽은 것 같다. 호기롭게 일을 벌이기는 했지만, 역시 모든 일에는 뒷감당이 필요한 법이다. 학교에 출근하면 하루에도 몇 번씩 문자가 울려댔다.

'제주도 ○○○ 카페에서 18,000원이 결제되었습니다.'

'애월해안도로 ○○ 카페에서 15,000원이 결제되었습니다.'

도대체 커피 머신은 왜 사달라고 한 것인지, 아내의 카페 투어는 매일 계속되었다.

"너, 오늘도 커피숍 갔디리? 좋았어?"

나는 어금니를 꽉 깨물며 최대한 여유로운 미소로 말했다.

"어, 완전 좋았어. 거기, 뷰 정말 좋더라. 커피도 맛있어. 다음에 같이 가자."

'나는 맥심이 제일 맛있거든?'

나는 온화한 미소와 진짜 궁금하다는 듯한 표정을 지으며 물었다.

PHOTO | 마음이 복잡하면 카페에 간다

"그런데 일리 커피 머신은 왜 안 써?"

"쓸 거야. 왜? 나 카페 다니는 것 싫어?"

"아니!"

말은 그렇게 했지만 마음속으로는 '하루에 한 번만 가. 두 번 이상은 좀 그렇지 않아?'라고 외치고 있었다.

"그럼 계속 다닌다! 나 휴직 기간에 해 보고 싶은 것 다 해 볼 거야. 그것 알아? 지금이 내 인생에서 가장 행복한 시기인 것 같아. 카페 다니면서 책 보면 얼마나 좋은지 몰라. 이 시간에 내가 여기 있다니, 믿기지 않는다니까."

세상을 다 가진 듯한 아내의 행복한 얼굴에 나는 아무런 말도 할 수 없었다.

'지금이 가장 행복하다는데. 그래, 고작 1년이다!'

아내의 카페 투어는 진짜로 휴직 기간 1년 내내 지속되었다. 그리고 마침내 올해 3월 1일 자로 아내가 학교에 복직하였다.

자주는 아니지만 나도 카페에 가고 싶을 때가 있다. 특히 머리 아픈 일이 생기거나 마음이 복잡할 때 바다가 보이는 카페에 가면 마음이 편안해진다. 내가 좋아하는 카페는 제주도 남쪽 위미리에 있는 '서연의 집'과 서쪽 바다가 보이는 한림읍 '매기의 추억'이다.

'서연의 집'은 영화 〈건축학개론〉으로 유명한 카페인데 내가 이 카페를 좋아하는 것은 단순히 영화 때문만이 아니다. 카페 1층 폴딩 창을 열면 펼쳐지는 제주도의 바다 때문이다. 검은 바위와 검푸른 바다를 멍하니 바라보고 있으면 저절로 힐링이 된다. 복잡했던 머릿속도 한결 편안해진다. 제주도의 바다는 지역마다 색깔이 다른데 유독 검푸른 위미의 바다는 색다른 매력이 있다.

'매기의 추억'은 유명세에 비해 아주 작은 카페이다. 육지에서 내려온 주인이 직접 돌집을 개조하여 카페를 만들었는데 아기자기한 예쁜 소품들과 조명 그리고 창문으로 보이는 제주도 서쪽 바다를 감상할 수 있다. 서쪽 바다 해안도로도 분위기 있다. 나만의 생각이 아니었는지 이 카페는 영화 〈좋은날〉과 〈애월〉 드라마 〈맨도롱또똣〉의 촬영지로 쓰였다. 카페에 자주 가다 보니 카페 주인 부부와 지인이 되어 우리 가족이 가면 맛있는 조각 케이크를 꼭 서비스로 주신다. 참 정감 있는 카페이다.

제주도에서 행복하게 살려면 내려놓고 살아야 한다. 부자가 되겠다는 욕심, 높은 곳에 올라가야겠다는 욕심, 유명한 사람이 되겠다는 욕심으로 가득하다면 제주도에 사는 것이 행복하지 않다. 멋진 바다와 오름을 바라보며 욕심 없이 평화롭게 살고 싶다면 제주도에 사는 것처럼 행복한 일이 없다. 카페에 앉아 제주도의 풍경을 바라보면 내가 가지고 싶은 것, 가지지 못해 불안한 것, 주위의 시선과 인식, 다른 사람과의 비교. 이런 것들이 무의미한 것으로 느껴진다. 그래서 사람에게는 잠시 멈추어 사색할 수 있는 힐링의 시간이 필요하다.

아내처럼 카페 마니아는 아니지만, 마음이 복잡하면 카페에 간다. 마음만 먹으면 언제든 찾아갈 수 있는 멋진 카페가 많아 행복하다.

오름 예찬

○
●

제주 도민이 되기 전, 여행을 오면 예쁜 제주 바다에 정신이 팔려서 사진 찍기에 바빴다. 삼면이 바다인 우리나라에는 멋진 바다가 많지만, 이국적인 바다색과 풍경은 분명 제주도 바다만이 가진 특색이다. 제주도에 살며 언제든 멋진 바다를 볼 수 있다는 것은 행운이다. 사람들이 제주도를 생각하면 가장 먼저 떠오르는 멋진 바다, 제주도에는 바다만큼 소중한 보물이 한 가지 더 있다. 그것은 오름이다.

'오름을 알아야만 진정으로 제주도를 아는 것이다.'라는 말이 있다. 제주도를 여러 번 와 보았지만 한 번도 오름을 올라가 본 적이 없던 나는 이주를 한 후에야 오름을 알게 되었다.

내가 처음 가본 오름은 '다랑쉬오름'이다. 다랑쉬오름은 '오름의 여왕'이라는 별명이 있다. 별명만큼 오름 중에서 가파르고 높은 편이다. 제주도에 이주했으니 '오름 한 번은 올라가 봐야지.'라는 생각으로 찾은 오름, 난 다랑쉬오름 때문에 오름의 매력에 빠졌다. 다랑쉬오름은 정상까지 오르는데 50분 정도가 걸리는데 숨이 턱에 찰 때쯤 바라본 풍경은 감탄을 자아내기에 충분하다. 내가 이곳을 좋아하는 이유는 개발되지 않은 자연 그대로의 제주도를 볼 수 있기 때문이다. 다양한 모양으로 굽이굽이 이어진 논밭과 주변의 오름들은 몇백 년 전 그대로의 모습일 것만 같다.

오름 중턱쯤에 이르면 작은 다랑쉬오름이 보이는데 '아끈다랑쉬'라고 부른다. '아끈'은 제주도 말로 '작은'이라는 뜻인데 이 말처럼 다랑쉬오름을 축소한 느낌이 든다. 정상에 올라 바라본 거대한 분화구와 풍경은 왜 다랑쉬오름을 '오름의 여왕'이라 부르는지 알게 해 준다. 나는 다랑쉬오름 때문에 한동안 제주도 오름을 찾아다녔다.

오름을 혼자 다니며 가족과 함께 오름에 가 보고 싶다는 생각이 들었다. 걷기를 좋아하지 않는 아들과 딸, 아내까지 같이 갈 수 있는 오름을 찾아다니다가 발견한 곳은 '용눈이오름'이다. 용눈이오름은 정상까지 완만하게 이어져 있어 가볍게 산책한다는 마음으로 갈 수 있는 오름이다. 지금은 꽤 알려져서 사람들이 사진을 찍으러 많이 오지만 3년 전까지만 해도 사람이 많지 않았다. 걷기 싫어하는 아이들과 등산을 좋아하지 않는 아내를 데리고 용눈이오름에 올랐다. 중간중간 아이들의 짜증을 받아 줘야 했지만, 정상에 오르자 아이들도 아내도 감탄한 듯 아무런 말도 하지 못했다.

"멋지지 않아?"

"멋지네."

무뚝뚝한 아내에게 이 정도의 반응은 꽤 긍정적인 것이다. 가족끼리 제주도에 여행을 온다면 '용눈이오름'에 오를 것을 추천한다. 기억에 남는 제주 여행이 될 것이다.

요즘은 잘 가지 않지만 제주 이주 첫해, 자주 오름에 올랐다. 거문오름, 아부오름, 백약이오름, 금오름, 새별오름, 군산오름, 성산일출봉, 산굼부리. 이 오름들이 모두 제주 이주 1년 차에 오른 오름들이다. 내가 오름을 좋아하는 이유는 날씨 좋은 날 오름 위에서 맞는 바람 때문이다. 분화구 앞에 앉아 잔잔한 바람을 맞으면 제주도가 느껴진다. 눈을 감고 오름 정상에 앉아있으면 그렇게 평화롭고 좋을 수가 없다. 이런 이유로 사람들이 산을 좋아하는 것이 아닐까?

산을 오르는 동안에는 힘들고 온몸이 땀에 젖지만 산 위에서 바라보는 풍경과 땀을 식혀주는 바람. 서울에 살 때 산이라면 질색이었던 내가 이제는 혼자 오름에 오른다. 제주도는 내가 산을 좋아하게 해 주었고, 오름은 제주도를 더욱 사랑하게 만들어 주었다. 한동안 가 보지 못한 오름에 가고 싶다

PHOTO | 오름 예찬

힐링이 필요하면? 사려니숲

○
●

　아들은 태어날 때부터 아토피가 심한 아이다. 우리 가족이 제주도에 오게 된 것은 여러 가지 이유가 있지만, 아들의 이유도 컸다. 제주도에 내려올 때마다 아들의 아토피가 진정되는 모습을 여러 번 본 아내와 나는 제주도가 아이의 아토피 치료에 도움이 될 것으로 생각했다. 그리고 좋고 싫고를 잘 표현하지 않는 무뚝뚝한 아들이 나무와 숲을 좋아했다. 여름과 겨울 제주살이를 할 때, 비자림로와 금백조로 등 나무가 많은 길을 지날 때면 아들은 누가 시키지도 않았는데 차 창문을 내리고 밖으로 얼굴을 살짝 내밀며 맑은 공기를 마시고 있었다. 그럴 때마다 "제주도 좋아? 왜 좋아?"라고 내가 물으면 "나무가 많잖아. 공기가 좋잖아."라고 대답했다. 그 당시 초등학교 1학년인 아들의 대답에 우리 가족은 모두 놀랐다.

제주도에 이주하기 전, 제주살이할 때 우리 가족은 사려니숲에 여러 번 다녀왔다. 삼나무가 곧고 촘촘하게 심어진 숲에 들어가면 몸속까지 깨끗하게 정화되는 것만 같았다. 아들과 딸도 이곳이 마음에 들었는지 산책을 하고, 의자에 앉기도 하면서 한참을 그곳에서 시간을 보냈다.

우리가 처음 사려니숲에 왔을 때는 많이 알려진 곳이 아니어서 비교적 한적했다. 그런데 바로 다음 해, 제주도로 이주했을 때는 제주도 관광 명소로 알려져 주차장을 크게 짓고, 관리소를 세우는 등 분주했다. 지금은 언제 가더라도 사람이 꽤 있다.

우리 가족이 이주하고, 처남이 제주도에 놀러 왔다. 처남에게 제주도를 잘 보여주고 싶어서 맛집도 데려가고, 유명한 바다와 박물관도 같이 가며 제주도 투어를 시켜 주었다. 그렇게 4일 정도의 제주투어를 마치고 육지로 올라가기 전날 밤, 처남에게 물었다.

"어디가 가장 좋았어?"

"전 거기가 제일 좋던데요? 사려니숲, 도시에서는 절대 못 보는 곳이잖아요. 완전 힐링 되었어요."

이 말을 하는 처남의 얼굴에서 지친 현대인의 모습을 볼 수 있었다. 사려니숲이 예전에 비하면 많이 알려졌지만 성산일출봉, 월정리, 천지연, 섭지코지 등 사람들이 많이 오는 유명지에 비하여 아직은 그렇게 복잡하지 않다. 그리고 착하게도 입장료가 없다. 만일 제주도 여행을 계획 중이라면 사려니숲을 여행 계획에 넣어볼 것을 추천한다. 특히 직장 생활과 도시 생활에 번아웃된 현대인들은 한 번쯤 와볼 것을 권장한다. 우리 현대인들에게는 한적한 숲길을 걸을 시간이 필요하다. 사려니숲은 아름다운 제주도가 감추고 있는 비밀의 힐링 숲이다.

이 글을 읽으며 한 번 상상해 보자. 사려니숲에 깔린 붉은 흙을 밟으며, 삼나무와 편백나무가 우거진 숲을 혼자 걷는다. 새소리가 들리고, 맑은 공기가 콧속으로 들어온다. 이름 모를 풀꽃이 피어 있고 온통 주위가 자연이다. 급한 것이 없다. 천천히 걸어도 된다. 천천히 걷고 싶다. 사려니숲을 걷는 것은 도시와 직장에 지친 나 자신을 위로하는 것이다. 제주도 숲은 언제나 옳다.

섬 속의 섬 우도

○
●

제주도가 아무리 우리나라 최고의 관광지라고 해도 제주도에 오래 살면 좁고 답답하게 느껴질 때가 있다. 나도 제주 4년 차가 되다 보니 이제 웬만한 곳은 다 가 본 것 같다. 익숙해진다는 것은 예전만큼 설레지 않는다는 것을 의미하기에 제주도에 오래 살려면 계속 새로운 곳에 가 보고, 즐거운 마음을 가지려 노력해야 한다.

제주 이주 첫해, 우리 가족은 시간만 나면 제주도 이곳저곳을 다니기에 바빴다. 하지만 제주도가 크다고 해도 섬이다. 한석 달을 매일 놀러 다니다 보니 점점 가 볼 만한 곳을 찾기가 어려워졌다. 제주도가 지겨워질 때쯤 우리 가족은 우도를 찾았다.

제주도에는 많은 부속 섬들이 있는데 사람이 사는 유인 섬은 다섯 개다. 추자도, 가파도, 마라도, 우도, 비양도. 이렇게 다섯 개의 섬만이 사람들이 마을을 이루고 산다. 그중 사람들이 가장 좋아하고 많이 찾는 섬은 단연 우도다.

우도는 제주도를 찾는 관광객들이 한 번쯤은 가 보았거나 찾아가 보려는 섬이다. 소가 누워 있는 모양을 닮았다고 하여 우도라고 불리는데 우도의 바다를 보면 외국에 와있는 것 같다. 제주 도민들에게 우도는 휴양지의 느낌이 강하다. 삶의 터전인 제주도를 벗어나 잠시 쉬었다가 올 수 있는 섬으로 여긴다. 그래서인지 우도에는 육지에서 온 사람도 많지만, 제주 도민들도 꽤 많다. 우리 가족은 아름다운 우도의 모습에 정신을 홀린 듯 시간 가는 줄 모르고 이곳저곳을 돌아다녔다. 우도는 여의도 면적의 세 배 정도 크기의 작은 섬이기에 관광객들은 차를 가지고 들어갈 수 없어 자전거나 미니 전기차를 이용한다. 우리는 제주 도민이기에 차를 가지고 들어갈 수 있었다.

우도는 모든 곳이 아름다운 곳이지만 그중 서빈백사해변, 하고수동해변, 검멀레해변은 우도를 대표하는 바다이다. 특히 서빈백사해변은 모래 해변이 아닌 홍조 단괴다. 홍조 단괴는 홍조류가 딱딱하게 굳어 부서지면서 만들어진 것으로 동글동글한 모양이 신기하다. 또한, 이곳에서 물놀이를 하면 일반 해수욕장처럼 모래가 몸에 붙지 않고 툭툭 털면 떨어져 씻을 필요가 없어 편하다. 홍조 단괴 해변은 전 세계적으로 희귀한 것이라고 하는데 모르는 내가 보아도 신비롭다.

하고수동해변은 마치 동남아 해변에 와 있는 것만 같은 착각을 불러일으킬 만하다. 에메랄드빛 바다는 제주도 바다와는 또 다른 느낌을 준다. 하고수동해변에 서서 아무렇게나 사진을 찍어도 사진이 환상적으로 나온다. 이곳을 모르는 사람에게 사진을 보여 주며 하와이나 보라카이에 다녀왔다고 말하면 믿을 수도 있다.

검멀레해변은 해변의 모래색이 검은색이어서 붙여진 이름이다. 실제로 검멀레해변에 가 보면 마치 연탄 가루를 뿌려놓은 것 같다. 이곳에서 많은 사람이 수상 보트를 타는데 보트를 타고 우도의 절경을 돌아볼 수 있어 인기가 있다. 이처럼 작은 우도인데 바다의 색이 이렇게 다른지 신기할 정도다.

여기까지는 많이 알려진 사실이고 내가 소개하고 싶은 우도의 모습은 따로 있다. 우도는 오후 6시면 배가 끊긴다. 관광객은 모두 돌아가고 우도 주민과 숙박객만이 섬에 남게 된다. 우도의 진짜 모습은 지금부터다. 관광객이 돌아가고 얼마 안 있으면 노을 진 우도 바다를 볼 수 있는데 바라만 보아도 감탄이 절로 나온다. 제주도에서 보지 못한 멋진 광경이 눈 앞에

펼쳐진다. 해가 서서히 지고 고요함이 드리면 우도의 낭만적인 밤을 즐길 수 있다.

우리 가족이 처음 우도에서 하룻밤을 묵을 때 미리 숙소를 예약하지 않고 와서 하마터면 차 안에서 잠을 잘 뻔했다. 다행히 운이 좋게도 우리는 '하얀산호펜션'의 마지막 남은 방에 묵을 수 있었다. 인심 좋은 주인아저씨는 저렴한 가격으로 방을 주셨는데, 그 인연이 지금도 이어져 우도에 갈 때면 함께 술 한잔을 기울이는 사이가 되었다. 우리 가족은 방을 잡을 때 예약 사이트를 사용하지 않는다. 주인아저씨에게 전화를 걸어 "저예요. 제주도 선생 부부"라고 말하면 알아서 방을 빌려주신다.

지금도 우도에서 보낸 첫날 밤을 잊지 못한다. 밤새 파도가 철썩이는 소리가 선명하게 들리고, 바다 앞 의자에 앉아 맥주 한잔을 하는 기분, 그것은 경험해 보지 않으면 모른다. 세상에서 부러울 것이 하나도 없는 그런 기분이다. 결국, 우리 가족은 우도를 쉽게 나오지 못하고 하루를 더 연장해 이틀을 묵었다. 내가 경험한 여행 중 가장 즉흥적이었지만 제일 좋았던 여행이었다. 그 뒤로 기회가 되면 우도에 가서 하룻밤을 자고 나왔다.

가게가 모두 문을 닫은 적막한 섬에서 심심하지 않냐고 묻는다면 우도의 유일한 책방 '밤수지맨드라미'를 소개한다. 이 곳에서는 때때로 야간 책방이 열린다. 이 작은 책방은 서울에서 내려온 젊은 부부가 낡은 돌집을 직접 개조하여 만든 곳인데 서양화가 출신인 남자의 예술적인 감각으로 예쁘게 다시 태어났다.

이곳은 방송에도 여러 번 나올 정도로 유명세가 있어 마니아층이 탄탄하다. 우리도 이 작은 책방의 마니아가 되어 우도에서 자고 나올 때면 꼭 이 책방에 들른다. 여기는 주로 독립 출판사의 책들을 취급하는데, 쉽게 보지 못하는 다양한 책들을 만나는 재미도 있고, 젊은 부부가 내려주는 맛있는 드립 커피를 맛볼 수 있다. 제주도에 방문한 몇 명의 지인들에게 이곳을 소개해 주었는데 모두 행복한 시간이었다며 돌아갔다. 감성이 메마른 도시의 직장인들도 이곳에 오면 분명히 감성적인 시간을 맞이하게 될 것이다.

성산에 사는 2년 동안은 우도가 가까워서 자주 갔었는데 애월에 온 후로 가지 못했다. 제주도 정착 초반, 개인적으로 안 좋은 일이 많아 제주도에 내려온 것을 후회한 적이 있었다. 풀리는 일은 없고 일이 꼬이기만 해서 힘이 들 때, 집에서 보이는 우도가 유일한 위로였다. 지쳐 쓰러질 때쯤 우도에 다녀오면 다시 에너지가 생긴다.

모든 것이 좋고 행복한 지금, 우도에서 만났던 소중한 인연
들이 조금은 그리워진다. 이렇게 우도는 따뜻하고 좋은 사람
들만 있다.

평범하지 않아
특별하다 。

"내가 역마살이 있나 봐'"

대전에서 서울로, 제주도로. 나이가 마흔 줄 되어도 정착하지 못하고 떠도는 나를 보며 생각했다.

내가 교사라는 직업을 선택한 것은 안정성 때문이었다. 흔히 공무원은 '철밥통'이라고 사고를 치지 않는 이상 잘리지 않는 직업이라고 한다. 아이들을 가르치는 것이 쉬운 일은 아니지만, 안정성 때문에 교직을 택했는데 나는 항상 불안했다. 급기야 제주도까지 내려왔다.

"할망이 그러시네? 제주도에 내려오기 위한 과정이래. 어차피 제주도에 내려올 운명이었다고, 이제는 편안하게 지내라고 하시네?"

옆집에서 하도 용하다고 해서 찾아간 제주도 점집에서 처음 들은 말이었다. 그런 것을 믿는 성격은 아니었지만 이 한 마디는 나를 위로하기에 충분했다.

'제주도에 내려올 운명!'

서울에서 어떻게든 버려 보고자 했다. 하지만 제주도는 자석처럼 나를 끌어당겼다.

'서울이 좋지, 제주도가 뭐가 좋아요?'

제주 도민들은 나를 볼 때면 이렇게 말한다. 그럴 때마다 나는 퇴근 후 저녁이 있고, 주말이 다채로운 제주도가 좋다고 말한다. 이곳에 내려와 웃음이 많아졌다. 아내와의 대화 시간이 늘어나고 아이들과 자전거를 타고, 캠핑을 하러 다니며 좋은 아빠로 지내고 있다. 제주도에 내려오지 않았으면 상상하지 못할 일이다.

나는 지금이 만족스러운 삶을 살고 싶다. 확실하지 않은 미래를 위해 현재를 투자하고 싶지 않다. 젊은 시절에 제주도를 마음껏 즐기고 느끼며 열정적으로 살고 싶다. 20대에 합격한 임용 고시를 40대에 한 번 더 합격했으니 나의 인생도 평범하지 않다. 가끔은 고단하기도 하고, 회의감도 느껴지지만 확실한 것은 지루할 틈이 없다.

"난 알고 있었어. 우리가 제주도에 내려오면 좋을 것이라는 것. 그런데 말이야, 이 정도로 좋을지는 몰랐어."

오늘도 해안도로를 드라이브하며 아내에게 말했다.

"그러게, 이대로만 살았으면 좋겠다."

평범하지 않은 남편 만나 끌려 내려오듯이 제주도에 온 아내이지만 지금은 나보다 더 제주살이에 만족해 한다. 아내의 얼굴을 보며 앞으로 더욱 제주도에서 행복만을 채워나갈 것이라고 다짐했다. 평범한 인생은 지루하다. 제주도에서 시작한 나의 인생 2막, 평범하지 않아 특별하다.

신재현